四次元時計は狂わない

21世紀 文明の逆説

立花 隆

JN283500

文春新書

994

まえがき

本書は「文藝春秋」二〇一一年五月号から「日本再生」の統一タイトルのもとに書き続けてきた巻頭随筆約三年分をまとめたものである。これを私が書くようになった経緯と、どのようなつもりで書いてきたかを簡単に述べておきたい。

私以前の巻頭随筆の筆者は、どちらかというと小説家畑の文人が多く、筆先三寸でもっともらしいことを書いて、読む人をして、フーンとうならせるような文章を書いていれば本人も編集部も満足という感じだったように思う。それに対して私はもともとが週刊誌（「週刊文春」）の取材記者が出発点だったから、取材して書くことが本性となっており、筆先三寸、舌先三寸で人をまるめ込むようなことはしたくないと思ってきた。今回、巻頭随筆を依頼されたのは、かなり前のことになるが、そのとき付けた条件は、取材して書くことを中心にしたいから、アシスタントを付けてもらいたいということだった。それでアシスタントにお願いしたのが、サイエンスものの署名原稿を「文藝春秋」にも度々書き著書も何冊か持っている緑慎也さん。これだけの人にアシスタントをしてもらえるのは、九五年に私が東大の教養学部で「調べて書く」というゼミを開講したときの最初の学生だったという縁による。

巻頭随筆を書きだした頃、日本は民主党政権だったが、自民党政権の末期頃からずっと、政治経済すべてがうまくいかず、お先真っ暗の時代がつづいていた。九〇年のバブル崩壊を第二の敗戦と呼び、それ以後の長期不況をさして、「失われた二〇年」と呼び、つづく十年も加えて「失われた三〇年」と呼ばれるような時代がずっと続いていた。

私はそういう時代風潮に反撥していた（「日本はそれほどお先真っ暗ではない」）ということもあり、巻頭随筆のはじめを少しポジティブな話ではじめようとしていた。当時多少とも明かるい話があるとすれば、ノーベル賞が続く科学技術の世界くらいしかないだろうという思いがあった。その頃の思いがこめられた文章を、文藝春秋の増刊号のような位置づけで作られた「NEXT」という雑誌に書いた。「日本を救う夢の先端技術『SACLA』」の冒頭部分だ。

「いま日本には、世界一の技術が幾つもある。しばらく前から、日本は国家の基本的あり方として、『科学技術創造立国』をとなえてきた。創造的な科学技術を発展させ、それが生みだす付加価値に乗っかっていこうということで、資源らしい資源がほとんど何もない日本が食っていくためには、それしかないだろう。そしてこれまでのところは、なんとかそれに成功してきた。過去にさかのぼれば、造船、製鉄、電子電気機器、自動車などなど。何度か技術の流れを乗りかえ乗りかえしながら、まあ何とか一億国民が食べてきた。／だがこの先はどうか」

という書き出しで、日本の明かるくない未来に言及し、「そういう閉塞的状況の中で明るい思いにさせてくれるのは、炭素繊維だ」ということで、炭素繊維を使った飛行機の製造現場（三菱重工名古屋製作所）の話がいろいろ書かれている。

忘れもしないが、この取材のため新幹線で名古屋に向ったのが、東日本大震災の三日目（二〇一一年三月十三日）だった。新幹線を降りてタクシー乗り場に向う途中で携帯が鳴った。知りあいの週刊誌記者からだった。「いまどこにいるんですか？」「名古屋だよ」と答えると、「立花さんも逃げ出したんですか？」といきなりの糾問である。意味がわからず、「え、何それ？」と問い返すと、「いま東京は大変ですよ、放射能雲が飛んでくるというので、東京を脱出して、関西方面へ向う人が続出しています。家族だけでも逃そうということで、東京駅は子連れの母親たちでごった返しているという話です」。

三菱重工での取材を終えて夕方、東京駅に帰り着くと、確かに、東京駅のホームはリュックを背負った母子連れでごった返していた。ネット上には怪しげな放射能情報が渦まいており、そういう情報ばかり見ている人が先導する形で、日本中がパニック状態におちいりつつあるようだった。

そういう状況を見て、その夜、編集部とも相談の上、巻頭随筆の方向を全く変えることにした。いまや第二の敗戦どころか、この大震災が日本の第三の敗戦になることは明らかだったから、そこからの立ち直りをめざして「日本再生」のタイトルを付けたのだ。第一回の「PTG第二世代へ」と、第二回の「ひこばえ」の背景にあるのはそういう状況である。その後も、「日本はまだまだいける国だ」というのが、「日本再生」の一貫したメッセージである。

私は今年七十四歳を迎えたが、この年になって世の中が前より一層よく見えるようになった気がする。視覚能力が向上したわけではない。雑多なもの、どうでもいいものは、最初から意識的に排除して、目の前にあっても見ないようにすることで世の中がよりよく見えるようになったということだ。脳に入る視覚シグナルに有意味・無意味フィルターをかけて、自分にとって無意味と思われる情報は最初から一括して高度情報処理系にまわさず、ノイズとして捨ててしまうのだ。これは昔からやってきたことで、若いときからプロスポーツ界のできごとと、芸能界のできごとに完全無関心だったから、スポーツ新聞は読んだことがない。若いときから人より多く読書に時間を費やすことができたのは、この習慣づけのせいがかなりある。年をとればとるほど、無関心領域はさらにふえ、かつてかなり関心をもってウォッチしていた政治経済の動きすら、最近はかなりどうでもいいとみなすようになってきた。一般に情報系は流れる情報のSN比（シグナル・ノイズ比）を高めれば高めるほど、シグナルの明晰性が高まるのだ。そのためにはどうでもいい情報は捨てるにかぎるのだ。これだけ年をとると、自分が社会とリアルなかかわりを持てる時間におのずと限界があることが見えてくる。私の父も母も九十代まで生きたが、最晩年は、リアルな関心を社会に持たず、「そんなことはどうでもいいよ」という反応が多くなった。私もいまはまだ社会の大きな流れに関心を持って、新聞も精読するほうだが、それがいつまで続くか。次の東京オリンピックあたりが限界かなと思う。リニア新幹線で名古屋には行けても大阪までは行けないと思う。人類が火星に立つ日はおそらく見られないだろうし、核融合の点火は目撃できるだろうが、核融合発電までは無理だろう。安倍政権の終りは目撃できるだろうが、ポスト安倍が誰になるかは、おそらく「どうでもいいこと」になっている可能性が高い。生きてるうちにウルトラ級の大地震と経済破綻が起きないことは願っているが、それが起きたとして、そのときはそのときで、そのときの日本の中心世代が、まあ何とかしてくれるだろうと思っている。日本人は第一の敗戦も第二の敗戦も、第三の敗戦も何とか切り抜けてきたのだ。第四の敗戦だって来れば来たで何とかなるさ、と思う。まあ、「山より大きいイノシシは出ない」と思うしかない。

七十歳をすぎると、「五十、六十は鼻たれ小僧」としか思えないが、現場の中心世代が五十、六十になったら、鼻たれ小僧たちにやってもらうしかない。

目先の未来については、そんなところだが、もっと長い時間軸で未来を見つめ直さなければと思わせられることもある。四次元時計の話など、その好例だ。アベノミクスなどいつポシャっても不思議ではないが、四次元時計の話を聞くと、日本はまだまだ大丈夫と思う。

四次元時計は狂わない　21世紀　文明の逆説◎目次

まえがき　3

Ⅰ　日本再生

ＰＴＧ第二世代へ　16
ひこばえ　22
現代のグスコーブドリ　28
沖縄訪問記　35
ＬＮＧの底力　42
来るべき大革命　48
ドジョウ総理の未来　54
地球外生命　60
四次元時計　66

飽食時代の終焉　72
「泌尿器科とわたし」　78
世代交代　84
太陽の謎　90

II　革命の世紀

幻の都市　98
巨大地震の謎に迫る　104
ベトナムの真実　111
大丸有と巨神兵　118
危険なメソッド　124
失われた密約　130

有人宇宙開発無用論 136
平成の国津神 142
「ゴミの島」 148
黒潮町長の執念 154
ツングースカの謎 160
有機合成新時代 166
夢の図書館 172
出雲大社詣 178

III 知の新時代へ

麻酔とボーイング787 186
行動する博物館 192

赤とんぼと戦争　199
アイヒマンは凡人だったか　205
仏頭の来歴　211
古典フラと神道　217
自動運転の時代　223
古代史のなかの埼玉　229
極寒のアメリカから　235
クリミア戦争を覚えているか　241
疑惑の細胞のこと　247
ヘルマフロディテ　253

■初出　文藝春秋二〇一一年五月号～一四年七月号

I　日本再生

PTG第二世代へ

九十六歳になる母が、昨年末から体調をくずして都内の病院に入院している。あの大地震のときは熟睡していたそうで、信じ難いことだが、何も記憶していない。病院では寝ている患者をわざわざ起すまでもないと判断して（「知らないですめばそのほうが幸せ」）、事後的に地震があったことを伝えることもしなかったのだそうだ。

一週間くらいしてから、当時の新聞を広げて、大見出しと現地の惨状の写真を示した。大ざっぱなことを伝えると、「アラー」と驚いて、「戦争みたい」といった。

まさしくあの惨状は、戦争の跡を思わせる。津波になぎ倒されて、何もかもが失われた町々の光景は、原爆投下後のヒロシマ、ナガサキを思わせた。

エネルギー計算をすると、マグニチュード九・〇の地震は、ヒロシマ原爆（十五キロトン）の三万二千発分にあたる。四百八十メガトン級の水爆に等しい破壊力だったということとだ。史上最大の水爆は、一九六一年にソ連が実験的に作った「ツァーリ・ボンバ」なる超弩級水爆だった。五十メガトン級だったがあまりに巨大すぎて実用化されなかった。大きさも巨大（全長八メートル、直径二メートル）なら重量も重すぎ（二十七トン）、飛行機で実験場までかろうじて運搬されたが、投下後運搬機（TU95）がキノコ雲にのみこまれる恐れがあった。時速九百キロで四十五キロ先の安全圏に逃れるための時間を稼ぐため、減速用パラシュートをつけて投下された。巨大すぎて通常の爆弾倉に入りきらず飛行機全体が改造された。実験は一九六一年に成功した。キューバ危機が起きたのは、その翌年。あの危機が回避できなかったら、「ツァーリ・ボンバ」はアメリカに落されていたかもしれないのだ。

今回の津波はおよそその「ツァーリ・ボンバ」十発分ということだから水爆でもありえない破壊力だったのだ。水爆戦争は現実には行われなかったが、もし行われていたら、米ソ各一万発以上持っていた（今もその五〇％以上を保持）わけだから、今回の惨状が世界全体に広がっていたことになる。

いま津波と原発事故合わせて、三十万人以上の人が避難所暮しをつづけている。千人単位の巨大避難所の暮しが報道されるたびに、頭の中をよぎるのは、自分自身の子供時代の体験だ。戦争が終ったとき、一家は北京にいた。父親が北京市立高級中学校（北京大学への一番の進学校）の教員だったからだ。戦争が終っても、北京の日本人はすぐには帰れず、何回にもわけて集団帰国した。四五年十月に北京市郊外の西苑にあった旧日本軍駐屯地の広大な兵舎に集められ（第三次帰国集団だけで二千名）、そこに四カ月半収容されていた。その収容所生活を子供ながらに記憶しているが、ダダッ広い空間に、家族ごとに寄り集って、なけなしの家財道具のそばでふとんと毛布にくるまっていた。ときどき支給される貧しい食事をパクつく以外することもなく、延々と帰国許可が出る日を待った。その時の光景は、今回の被災地の避難所生活と不思議なほど重なり合う。今回の避難所は日本の国内にあり、日本中から物心両面の支援が届いているが、当時の収容所は、敵国の中にあり、いつ帰国できるかわからず、そもそも本当に帰国できるのかすらあやしいという不安な状態に置かれていた。西苑を出発したのは、四六年の二月で、向ったのは約百五十キロ離れた天津の塘沽《タンクー》という港だった。移動の手段もまともになく、約一カ月かけて、ときにトラックや列車（ほとんど貨物車、一度だけ客車）にも乗せられたが、相当部分をひたすら歩かされた。塘沽に着いても、すぐに船に乗れたわけではなかった。約三週間の間、もう一度収容所に入れられて、船待ちをした。そこの生活もほとんど西苑の収容所と同じだった。

というわけで、収容所生活が、私の原体験（最初の記憶）になっているから、避難所生活のニュース映像を見たとき、直観的に「ああ、あの頃とそっくり」と思った。福島第一原発の双葉町の町民たちが、最初入った「さいたまスーパーアリーナ」に落着くことができず、すぐ加須市の廃校に移動させられる光景が、北京の収容所から塘沽の収容所に移動させられた自分たちの姿に重なった。

「あの頃そっくりですよ。みんな逃げまどっている」

と母にいうと、「沢山死んだでしょうね」という。あの頃母は三十一歳。父は三十六歳。二歳の乳児までかかえて一家五人、よくぞ焼野原の中を突っ切って数千キロ離れた故郷まで帰りついたものだ。

子供のときにこういう不安定な「ディアスポラ生活」（流浪民生活）を原体験として持ってしまうと、どこかに腰を落ち着けた普通の人の普通の生活がなかなかできなくなってしまう。私の青年期は、ほとんど毎年のように引越しをする、風来坊生活がむしろ常態だった。

私と同年輩の人間には引揚体験者が少くない。彼らの多くが独特の空気を漂わせていた。根なし草的デラシネ状態のほうがむしろ心理的に安定した状態になれる人といってもいいし、世の中にどんな大変動が起きても、ちっともびっくりしないどころか、むしろ喜んでしまうような人間だ。だからだろう、意外にジャーナリストになった人が多い。

あの引揚体験は客観的には大変な苦難の体験であったはずなのに、いま思い返すと、みんな楽しかったというといいすぎかもしれないが、なんともいえず面白かった体験として記憶されている。子供時代の体験は、なんでも毎日が面白いのである。先日ＴＶを見ていたら、阪神淡路大震災のときに小学生で、いま大学生の人たちが集って思い出を語り合う番組があった。子供のときに体験したあの苦難の日々を「苦難」ととらえている人はほとんどいなかった。むしろ、いい思い出にしている人が大部分だった。ああ、やっぱりと思った。その座談会に参加していた「識者」が「いやあ、これはすごい。これぞ『ポスト・トラウマティク・グロウス』の典型だ」といった。子供のときに心的外傷を受けると、心理的にその傷からなかなか脱け出せなくなる「心的外傷後ストレス障害（ＰＴＳＤ）」にかかるという話はよく聞くが、そのようなトラウマ体験をしたあとで、むしろそのような体験をしたことがその人の人格形成にプラスに働いて、その人を人間的に大きく成長させる「外傷後成長（ＰＴＧ）」という現象が、最近世界的に注目されているのだという。何をもって外傷後ストレスというか、人によってさまざまだが、震災のように突然理由もなく人を襲いむごい大量死をもたらす大災害に遭うことは、確実にその一つとなる。

私の世代にとっての引揚体験も、その一つなら、私の同世代にとっての、大空襲体験も、ヒロシマ・ナガサキ体験も、あるいはオキナワ体験もみなそうだろう。

我々の世代は、みな訳がわからない理不尽な苦難体験、むごい大量死が周囲に起るのを見聞する体験、トラウマ体験をもって人生をはじめた。だが、そのトラウマ体験に押しひしがれるのではなく、むしろそれを糧として成長をとげる「ＰＴＧ」世代として生きてきた。それが戦後日本の繁栄を導いたともいえる。

だが、その後につづく世代の中にいささか怪しげな心情の持主が多くなってきたので、この先日本はどうなるのかと心配していたときに、この大震災が起きた。

このあとしばらくは、日本に苦難の日々がつづくだろう。しかし、もっともっとひどいドン底状態の日本を人生のスタート時点で見てきた我々ＰＴＧ第一世代の先輩として、いまの若者たちにいいたいのは、「この程度の被害どうってことない。きみらポストツナミのＰＴＧ第二世代がきっと日本を再生させてくれるにちがいないと信じている」ということだ。

ひこばえ

「婦人之友」という雑誌で、〝東日本大震災特集〟の一本として青木玉、青木奈緒の母子が、「闇にさす光」というタイトルで対談をしていた。この二人、幸田露伴、幸田文、青木玉、青木奈緒と四代つづく日本の文豪の直系の家系である。

かつて幸田文は、「『崩れ』見てある記」を「婦人之友」に連載した。後に、これは『崩れ』として刊行された。徹底した現場主義で、日本のいたるところで起きつつある地すべり、山くずれ、崖くずれ、崩落現象を見て歩いての現場報告である。彼女がこの仕事をはじめたときは、実に七十二歳。すでに足腰もかなりおぼつかなくなっていたから、山奥の現場にいくときは、しばしば人に背負ってもらったという。

孫娘の青木奈緒が、「崩れ」の現場再訪を依頼されて書いたのが、『動くとき、動くもの』（講談社文庫）。さらにその取材過程で得た材料と二〇〇四年の中越地震（山古志村）

を背景に描いた小説が「風はこぶ」(婦人之友)。その連載がちょうど完結するときに起きたのがこのたびの大震災。

「奈緒―地震当日、通りは帰宅を急ぎ、歩く人でいっぱいに。うわ、こんなに人がいるんだと、びっくりしました。

玉―『帰宅難民』という言葉は聞いていたけれど、それが目の前に出てきて、動けないでいる」(「闇にさす光」)

私は小石川のこの二人の家のすぐ近くに住んでいるので、この辺一帯が帰宅難民であふれたあの日の異様な光景をよく覚えている。

「闇にさす光」とは何か。実は奈緒さんは、中越地震の直後に山古志村に入りボランティアをしたことがある。

「奈緒―倒れて折れた桜の古木から、小さなひこばえが天を指して伸びているのを、中越地震後に入った山古志村で見たのです。光がさす方に向かって伸びようとする姿を、ぜひ書こうと」(同前)

ここに記されているように小説「風はこぶ」では、祖母セツ(実の祖母幸田文をモデルにしたとおぼしき人物)が植えた桜の古木のこととして、このエピソードが感動的に織り込まれている。

「幹は折れ伏してなお、のびるべき方向を知っていた。なん本もの小さなひこばえが天を目ざして芽吹き、花が終わって自分たちの出番が来るまで、乏しい力をためていた」

このエピソードを用いた理由を奈緒さんは次のように語っている。

「日本人って、みんなで気持ちを共有したい、みんな一緒でありたいというところがありますけれど、災害というのは、その『みんな一緒、平均的な』というものを失うこと。日本全国でこの災害を少しずつ分け合いましょうと、分け合えればいいのですが、それができないのが災害だと思います。そういう意味で、いくら言葉を尽くしても尽くし足りないし、その痛みは消えないもの、という気がして。（略）目を向けていくべきなのは、そこから立ち上がろうとする被災者の方々の力、明日に向かっていこうとする私たちみんなのエネルギーではないでしょうか」

被災者の中に生まれる、光をめざすひこばえのような心情にこそ希望の灯があるということだ。

大震災以後しばらく、TVから商業コマーシャルがいっせいに消え、その代りうるさいほどに「日本は強い国」「みんな一緒」「絶対乗りこえられる」を強調するACジャパンの公共コマーシャルが流された。あの連呼を聞いていると、私のような世代は、戦争時代の「国民精神総動員運動」を思い出してしまう。何か危ない時代に突入しつつあるような気がして、逆にこの道を行くと国家的苦難を絶対乗りこえられないのではないかという気がしてきてしまう。

さて、ひこばえは、樹木の切り株のところから新しく生えてくる若芽のことだ。ひことは曾孫のことである。古木であろうと、それが切り倒されるなど不慮の死をとげそうになると、ひこばえを出して子孫を残そうとするといわれる。

ひこばえが光を求めて伸びていこうとする姿に、奈緒さんは突然の大災害に遭ってへたりこむ被災者たちの中から必ず生まれてくるにちがいない若い世代の可能性を重ね合わせ、そこに希望を見たのだろう。

実は幸田・青木邸のすぐ横の歩道上に、昔から不思議なムクの巨大な老木があって、その木には、注連縄《しめなわ》がかかっている。伝説によると、そのムクの木には、すぐ近くの沢蔵司《たくぞうす》稲荷に祀られている沢蔵司という江戸時代の学僧の霊が宿っているのだという。この老木、七、八年前から、ついに枯死するのではないかと思われるほど弱っていたが、二、三年前に、誰かが上のほうの枝を斬り落した。斬り口のところから、ひこばえが生えだして、最近では若々しい枝が何本も生まれ育ちはじめ、枯死は完全にまぬがれたようだ。

ひこばえというのは不思議なものだと思って、「ひこばえって何ですか？　寿命が尽きようとする老木が子孫を残す戦略なんですか」と基礎生物学者の長谷部光泰さん（基礎生物学研究所）に聞いてみた。すると、「いやあ樹木には基本的に寿命なんてないんです。樹齢何百年、何千年の樹木は同一個体が生きつづけているんです。水と栄養と太陽光線が供給されつづければ、樹木は何年でも生きつづけられます。ひこばえは、子孫ではなくて、その樹木自身の若芽です。木というのは、すべて、中心部から樹皮の側に向って育っていきますから成長点は、樹皮のすぐ下の形成層というところにあります。そこに生物でいえば幹細胞のような細胞があって、いつでも新しい細胞を作りつづけているんです。だから幹でも枝でも、そこを切り落せば、そこから若芽が生えてくるんです。それがひこばえです。普通の木には性がありませんから、同じDNAを持った細胞が増殖（無性生殖）していくだけで、ひこばえであろうと同一個体です」。

性がない多くの生物では、ちがう個体と思っているると、実は同一個体の別のあらわれということがある。そこに思いがけない植物の弱さがある。生物の性が何のためにあるのかというと、性が多様性を生み、多様な個体を生み出し、それがその種に生物学的な強さを与えるからだというのがいまや定説になっている。

「竹の世界で百年に一度くらい一山数万本の竹が一斉に開花し、花を咲かせ終るとみんな枯死してしまうということが起りますが、あれは、一山数万本の竹が全部地下茎でつながった同一個体だから起る現象です。もし一本一本がちがう個体だったら、一斉に死ぬことはありえません。必ず生き残る個体があります」

「みんな一緒」の世界はこういう弱さを内包しているのだ。

幸田文は『崩れ』で、人間はみな心の中にいつ芽になるか、どう育つかわからない種をいっぱいかかえこんでいる存在だと書き、そこに人間の価値を見ていた。

危機の時代だからこそ、「みんな一緒」をとなえるのは、日本を「強い国」にする道ではないと思う。画一化の方向性は共倒れの方向性でもあるからだ。「みんな一緒」よりひとりひとり「みんなちがう」小さなひこばえとなって、天を目ざして芽ぶくことが大切だと幸田露伴の〝ひこばえ〟が教えてくれたような気がする（青木奈緒は露伴のひまご）。

現代のグスコーブドリ

私は本郷菊坂の近所に住んでいる。久しぶりに菊坂のあたりを散歩したら、その辺があまりに変貌していたのでびっくりした。

本郷菊坂というのは、本郷通りの本郷三丁目交差点近くから白山通りの西片交差点方面に向う、長さ五、六百メートルの裏通りの坂道をいう。江戸時代その辺一帯が菊畑だったからその名がある。菊坂は少し土地が高いが、そのすぐ脇にもう一本土地が一段と下がった側道がある（上の道と下の道はところどころ石段で結ばれているが、それが十五〜二十段ある）。その道はかつて「下通り」又は「菊坂の谷」と呼ばれていた。そこは貧しい長屋が密集して軒をつらねる独特の雰囲気を持つ界隈だった。江戸時代あるいは明治時代の庶民生活がそのままそこに残っているような感じが数年前まで濃厚にあった。実はこの一角に樋口一葉その人が母妹と一家をかまえて住んでいた。十八歳から二十一歳にかけて貧しさのきわみにあった時代だ。負債を抱え、婚約を解消され、近所の針仕事、洗濯などで生計をたてていた。すぐ近くに彼女が行きつけにしていた質店伊勢屋がある。そこは彼女がどれほどこの質店を必要としていたかの説明パネル付きで文京区史跡になっている。

二十七年前に蜷川幸雄が日生劇場で樋口一葉の「にごりえ」「十三夜」「わかれ道」「たけくらべ」を全部まぜこぜにした芝居「にごり江」を上演した。浅丘ルリ子、根岸明美、三田和代が競演する大舞台だった。あの舞台は、実はこの界隈のイメージから生まれている。

「ある日、ぼくは本郷へ行ってみようと思った。樋口一葉のいくつかの作品をあたかも一つの作品であるかのように一つの世界として演出できないかとぼくは考えていたのだけれど、一葉がかつて住んでいたという一枚の露地の写真をみたときに、これをそのまま舞台にのせればいいのだとぼくは直感した。ぼくはその場所、本郷菊坂へ行くことにして丸の内線に乗った」（蜷川幸雄『Note 増補 1969〜2001』）

本郷界隈を歩きに歩いてあらゆる露地に入りこんだ。

「密集した家々が崖下にまるでへばりつくようにして立ち並んでいた。盆栽がどの家にも置かれていた。石段をおりたところに小さな井戸があり、男の人が盆栽の鉢を洗っていた。

ぼくは闖入者のような気分でその小さな露地に立ちつくしていた。まるで神話的といってもいいような濃密な空気がそこには立ちこめていた。ぼくは何米か先へ歩いてその露地を振りかえった。道幅三、四米しかないその露地は、人々の生活の原型ででもあるかのようにそこに在った。

ぼくはこの露地を舞台にしようと心にきめた。ぼくは忘れないように網膜に焼きつけた。夕景のなかで黄金の光に輝くその露地を」(前掲書)

「にごり江」の舞台は、本当にこの露地をそっくりそのまま写したかのような美術プランで作りあげられた。蜷川が家に帰って、前に見た樋口一葉の住んでいた家の写真を取り出すと、それが正に自分が迷いこんだ露地そのものであることがすぐにわかった。この露地の中心にあった掘り抜き井戸は、樋口一葉その人が毎日使っていた井戸だったのだ。実はそこに樋口一葉が住んでいたことを説明する立札があったのだが、蜷川は鉢を洗う男の人に視線をさえぎられてそれが見えなかったらしい。そこは昔から文学通の間では樋口一葉旧居としてよく知られる露地だった。しかし、今は存在しない。

その井戸を含めて、その露地全体がいまや完全に消滅してしまったのだ。そこにそのような露地や井戸があったことを示す説明パネルすらない。

蜷川に「黄金の光に輝く」とまでいわせた存在感あふれるあの露地があるときから忽然と姿を隠し、それがそこにあったことを示すものが片鱗も存在しなくなったのだ。大変化が起きたのは、しばらく前のことだ。あまりにもおかしいと思って、区役所に問いあわせた。文京区は区の文化を誇りとして、そのような歴史的文化的ゆかりの場所には、説明パネルを必ず設置してきたはずだし、その露地にもずっとあったのである。

区役所の説明によると、それは住民の希望によってそうなったのだという。あの露地は露地全体が個人の所有地で公有地ではなかった。前々から観光客が無遠慮に入りこんでおしゃべりをしたり記念写真を撮ったりすることを住民はいやがっていたのだという。でも、樋口一葉の旧居跡ということで、説明板くらいは立てさせていたが、蜷川幸雄の「にごり江」以後、特に観光客が多くなり、住民一同もう我慢できないと、みんなで申し合わせて一切排除を区に申し入れたのだという。

その住民の気持、わからぬでもないが、なにかもうひとつ中間的な解決策がなかったものかと思う。いまそのあたりは、小ぎれいな個人住宅とマンションが立ちならぶだけで、なんの面白みもない町に変ってしまっている。あのあたりは、樋口一葉旧居だけでなく、近代日本の文化遺産的史跡がゴロゴロころがっている地域なのに、その最大の遺産を一部住民の意志で全部放り投げてしまったのだ。

樋口一葉旧居を見下す位置にある高台には、「小説神髄」「当世書生気質」を書いた頃の坪内逍遥邸があり、その坪内逍遥邸を旧伊予藩主が買い取って作った常盤会という寄宿舎には、正岡子規、河東碧梧桐《かわひがしへきごとう》などが寄宿生としていたし、内藤鳴雪《めいせつ》が舎監をしていた。その一角をグルッとまわりこんだあたりには、金田一京助、春彦が住んでいた家がある。数ブロックはなれたところには、京助から物心両面の援助を受けていた石川啄木の住居跡もある。

樋口一葉旧居のすぐ近くの菊坂下通りには、宮沢賢治の下宿跡がある。その頃（一九二一年）賢治は、東大赤門前の謄写印刷店で筆耕の仕事をしながら馬鈴薯と水だけの食事（菜食主義の実践）で、毎晩童話を書きつづけていた。なんと一日三百枚という驚異的ペースで書き、八カ月後に帰郷するときにはトランクいっぱいの原稿をもち帰った。「注文の多い料理店」などはこの間の作品である。

もう少しあとの作品になるが、「グスコーブドリの伝記」は、現代に示唆するところきわめて大きな作品だ。

グスコーブドリは、郷里岩手の貧困と干魃、冷害、飢饉、地震、噴火などの災害とその苦しみを知りつくした上で、イーハトーブ火山局につとめるようになり、イーハトーブの三百をこえる火山をコントロールして、自由自在に噴火させたりそれを止めたりする技術を学んでいく。そしてついには、目の前に迫る大冷害を防ぐために、自らが犠牲となって火山を大噴火させ、噴出する炭酸ガスの温暖化作用で冷害を本当に見事に食いとめてみせるという壮大な物語である。

いま、原発事故のあとを受けて、次世代エネルギーをどこに求めるべきかの議論がもち上がっている。そしてもっと再生可能の自然エネルギーを利用すべきだとの方向づけが強くなりつつある。

その一つとして最近特に注目されているのが、地熱エネルギーだ。日本は地熱の利用率が極端に低い（ポテンシャル量のわずか二％。総発電量のわずか〇・三％）。しかし技術的にはきわめて高いものを持っており、日本の三社が世界の地熱発電の七割を制している。資源的にも世界三位の地熱資源を持つ。フル活用したら簡単に原発二十三基分になるというのに、〇・三％ではもったいなさすぎる。

会津で地熱発電の技術開発をしている人に取材に行って、「現代のグスコーブドリですね」といったら、我が意を得たりというように、「そうです。その通りです」と嬉しそうに二つ返事で答えた。

〔補記〕　右のように樋口一葉旧居があった露地が消滅したと書いたところ、それは今も存在するとの異論が一部で報じられた。それは物理的には存在するが一般人が認識できる形では存在しない。かつてそこに到る道案内が幾つもあり、その場所そのものにもここがそうだという公的な表示があったが、今はそういうものが一切消えている。そのすぐ近くに「文京ふるさと歴史館」があり、そこで本郷付近の史跡地図なる案内マップを出している。そこには以前一葉旧居の表示がちゃんとあったが今は消されてしまっている。歴史館で、この近くに一葉旧居があったはずだがと尋ねると、「そこは私有地だから教えられません」の答えが返ってきた。

前に、別の工夫があってしかるべきだったと書いたが、具体的には、そこから七百メートルばかり離れたところにある「樋口一葉終焉の地」の例をさしている。そこも百％の私有地だが、文京区史跡の指定を受け、立派な説明パネルがある。その上、平塚らいてう、幸田文らが建てた文学碑がある。さらに付近の住民が作った内容・形式ともに立派な説明のしおりを入れたブリキ箱があって、「自由にお持ち下さい」とある。これなら文句なしだ。

沖縄訪問記

沖縄に一週間ばかり行っていた。直接の目的は、宇宙関係のシンポジウムに出席するためだったが、少し早めに行って、基地めぐりと戦跡めぐりをしてきた。

沖縄訪問、はじめてではない。基地も戦跡もはじめてではない。しかしいつも時間に追われて、じっくり見られなかった。今回は時間を気にせず、土地の人の案内つきでゆっくりまわった。基地は、まずはニュースによく出る、普天間、辺野古、嘉手納とその周辺をしっかり見た。那覇軍港、ホワイトビーチ軍港、キャンプキンザー、キャンプフォスター、キャンプシュワブ、嘉手納弾薬庫などなど、主要基地はほぼ見てまわった。戦跡は、米軍最初の本島上陸地点である読谷《よみたん》海岸からはじまって、最初の激戦地、嘉数《かかず》高地、南部の激戦地、南風原《はえばる》の陸軍病院壕跡、アブチラガマ、シュガーローフ、海軍司令部壕、首里城地下の司令部壕、南部のひめゆりの塔と第三外科壕、喜屋武《きゃん》岬、摩文仁《まぶに》の平和祈念公園・資料館、沖縄師範健児之塔と壕などなど。

毎日朝早くからくたくたになるまで歩きまわって、沢山の手記を読み、沢山の遺品を見た。どれも断片的には知っていることだったが、圧倒的な量のナマ言葉による体験記録を突きつけられて読み進むと、自分はオキナワ戦の真実を何も知らなかったと思わずにはいられなかった。

どこでも沢山の修学旅行生に会った。沖縄を修学旅行先に選ぶのはいいことだ。沖縄にきてみないと、あの戦争で何が起きたのかがまるでわからない。あの戦争のリアルな地上戦は国内はここでしか戦われなかった。それに、オキナワ問題、オキナワ基地問題が日本にとってどうしてこんな複雑な難問題になってしまったのかがわからない。

わたしも沖縄にきてはじめて学んだことが沢山ある。

アメリカ軍は沖縄に上陸（一九四五年四月一日）すると直ちに布告（ニミッツ布告）を発し、日本の行政権をすべて停止させ、以後アメリカの軍政府がすべてを取りしきることにした。ここから沖縄は、アメリカ軍が直接統治する特別な軍事地域ということになり、日本本国本体とは分離された存在になった。だからといってアメリカは日本の主権を完全否定して沖縄を自国領土として併合したわけではなく、植民地にしたわけでもなく、国連の信託統治領としたわけでもない。ただ軍事占領をつづけ(日本の潜在的主権は認めたまま)、行政権は「軍が管理する沖縄民政府」の下に置く、つまり「民政府を装った軍政支配」をつづけるという平時ではありえない奇妙な体制が、事実上七二年の施政権返還までつづいた。七二年の施政権返還も、この体制に事実上手をつけないこと(米軍の軍政支配の実質的継続)がウラの条件になっていたようだ。

その背景に、実は四七年九月に天皇からマッカーサーに伝えられた秘密のメッセージがあったという驚くべき事実が、平和祈念資料館の「天皇メッセージ」の展示で明きらかにされている。アメリカによる沖縄の軍事占領が、「二十五年ないし五十年、あるいはそれ以上の長期にわたって、日本に潜在主権を残したままアメリカに長期租借するという形の擬制(フィクション)的形式の下につづけられることが、日本のためにもアメリカのためにも望ましい」と天皇は考えている。こういう考えを伝える文書が、アメリカの国立公文書館に〝コンフィデンシャル(機密)文書〟として天皇の御用掛からマッカーサー元帥への覚え書きという形で、ちゃんと保存されているのだ。天皇の考えでは、このような擬制をあからさまな形にすると、ソ連や中国を刺激して同様の要求を出させたり、右翼や左翼の国内勢力を刺激することにもなりかねないから、フィクショナルな形式のまま、事実上の占領継続ということにすればよいではないかということだったらしい。実際、そのような関係がつづいてしまい、今もその延長上にあるから、オキナワ問題は解決の糸口がつかめないのだ。

一般には、沖縄への訪問者はまず摩文仁の平和祈念公園を訪れて二十数万人の戦没者の名前が黒御影石に刻まれてズラッとならぶ墓苑に行き、慰霊の祈りをささげるならいになっているようだが、私はあれには感心しなかった。あの黒い無機質な黒御影石があまりに小ぎれいで、沖縄戦のリアリティからかけ離れすぎているように思えたからだ。その直前に訪問した資料館に積みあげられていたリアルな戦争の記録の数々に圧倒されてしまったせいだろう。記録は血と汗と泥にまみれた、恐怖と悲嘆と怒りと絶望の声で満ち満ちていた。思わず大声で叫びたくなるような思いにかられて外に出たとたん、あの黒御影石の羅列を見て、その熱い思いに水をかけられたような気がした。あそこには、人間のパトスを動かすものが何もない。私がむしろ感動したのは、そこから数キロばかり離れたところにあった「魂魄《こんぱく》の塔」だ。その辺一帯は、米軍に追いつめられて本当に何万人もの人が死んだ場所だ。米軍の記録に、そこでは遺体が薪の山のように積み上げられていたとある。戦争直後からそこにはあまりに多くの遺骨が散乱していた。土地の人が自発的にその遺骨を拾い集め積み上げて塚とした。その由来も知らずにはじめてそこに行ったとき、そのあたりには何か得体の知れない妖気というか地霊のごときものがただよっているのを感じた。

塚の前で、ユタと呼ばれるオキナワの巫女的な女性が沢山の供え物を目の前に広げて、何ごとかいつまでもいつまでも口の中でつぶやくようにとなえていた。一区切りつくと大地に手をつき最敬礼をくり返した。脇のほうにいた老女とその家族のような人々が、ユタがお辞儀をするたびに一斉にお辞儀をくり返した。沖縄は世界でも稀な古来からの自然信仰がつづく土地だ。寺とか神社とか教会はなくても、あちこちに自然に万人が認める聖なる空間（ウタキ）がある。そこで多くの人が頭を下げ、拝み、祈るということが自然発生的に行われてきた。そういう土地柄である。無縁の遺骨を積み上げた「魂魄の塔」はいつのまにかそのようなサンクチュアリの一つに化していた。しかるに七九年から当局がそのような遺骨を全部集めて平和祈念公園に合祀したから、今度はそちらを拝みなさいとかけ声をかけ、毎年そちらで慰霊祭が行われるようになった。それでも多くの人が、公的慰霊祭の後、この「魂魄の塔」のところにやってきて、もういちど改めて祈り直すという。

本当のサンクチュアリは、人間が意識的に作れば作れるというものではない。それは自然にできあがるものなのだ。誰に教えられなくても、万人がそこにいくと、自然に頭が下がるような空気が醸し出されている場所こそ本当のサンクチュアリなのだ。

普天間飛行場を見にいったとき、ここまで来たならぜひ見ていきなさいとすすめられたのが、飛行場のすぐ近くにある琉球八社の一つ普天間宮のご神体だった。しかるべくお布施を包むと、神社の裏に案内してくれる。長い階段を下っていくと、思わず息をのんだ。そこは驚くほど見事な鍾乳洞だった。全長二百八十メートルもある巨大な鍾乳洞だ。鍾乳石のたれさがり具合いがなんとも見事で美しい。これこそ自然が生んだサンクチュアリといいたくなるような空間だった。小さなお宮があって、祀られているのは、熊野権現と琉球古神道神のニライカナイ神ということだった。沖縄はなぜか熊野信仰が強い。琉球八社のうち七社までが熊野権現を名乗っている。なぜそれほど熊野権現が多いのかというと、熊野の「補陀落僧《ふだらく》」が伝えた信仰ではないかという。かつて、熊野灘の沖に観音菩薩の浄土、補陀落があると信じて、船に乗り、必死に補陀落めざして沖へ沖へとこぎ出ていった修行僧たちがいた。補陀落僧の大半はどこか洋上で死んだと考えられるが、何人かが、南西諸島（なかんずく沖縄）に流れついて生きのび、熊野信仰を伝えたと考えられている。琉球の古神道神にニライカナイと呼ばれる神様があるが、これは海の彼方に「ニライカナイ」と呼ばれる永遠の楽土があるとする信仰で、補陀落信仰とうり二つである。普天間宮では二つの信仰が見事に合体していたが、地上の普天間基地においては、日米の思いが一向に合体しそうにない現実があるのを見て頭をかかえた。

LNGの底力

「シベリア・シリーズ」で有名な香月泰男さんという絵描きがいる。もう戦争が終って六十六年たち、香月さんが亡くなって三十七年たつというのに、シベリア・シリーズの人気はおとろえない。いまだにシベリア・シリーズを見ることを目的に山口を訪れる人が少くない。

私は四十年以上前に香月さんのお宅に毎日うかがって、長時間インタビューを繰り返し、聞き書きで一冊の本（『私のシベリア』文藝春秋刊）を書いた。そういう縁もあって、香月さんの死後二十年目にあたる九四年、シベリアを探訪して、香月さんの足跡を逐一追い、シベリア時代の香月さんの生活と行動のすべてを追体験しつつ香月さんの画業を偲ぶ「シベリア鎮魂歌」というNHKのスペシャル番組を作った。シベリアで香月さんが最初に入れられたのは、国境から三千キロもシベリアの内陸部に入ったセーヤという山の中の収容所だった。そこで香月さんたちは、マイナス三十度を下回る過酷な環境の中で、ろくに食事も与えられないまま、来る日も来る日も重労働に駆り立てられた。

どんな労働かというと、近くの山（タイガーと呼ばれる針葉樹がまばらに生えた疎林地帯）に入り、朝から晩まで木を切り倒し、それを輪切りにし、さらに割って薪にする仕事だった。二百五十人の日本兵と近くの村人が一緒になって毎日一ヘクタールの土地の木を伐っては薪を作っていった。ノルマは八人で一日五立方メートルの薪の山（全員で二百立方メートル）を作ることだった。毎日それを繰り返したため、その辺の山はどんどん丸坊主になっていき、それから何十年もたつのに一帯の山は丸坊主のままだった。

その薪が何だったのかというと、近くにある火力発電所の燃料だった。そのころはまだ燃料に薪を使う火力発電所があったのだ。千五百キロワットの発電をするために、そこでは毎日二百立方メートルの薪を燃しつづけなければならなかった。その電力がどこで使われていたのかというと、山ひとつ越えたところにあるコムナール金山だった。その金山の鉱石の採掘も、鉱夫を地下におろすのも、地下の湧き水を汲み上げるのも、鉱石を地上に運び上げるのも、それをすりつぶして選鉱するのも、すべてエネルギー源は、電気だった。セーヤの薪発電所なしには金山が全く動かなかったから、日本人抑留者の労働は必須だった。それなのに、日本人に対するエネルギー補給（食事）は極端に切り詰められていたから、みなみるみるやせ細り、死者が続出した（一冬で一割以上が死んだ）。

いま日本ではこれからのエネルギー政策をめぐる議論がつづいている。自然エネルギーへの回帰をとなえるひとも結構多い。自然エネルギーのひとつとしてこれから増やすべきとされているものに、バイオマスがある。薪のような木材資源はバイオマスの典型で、日本でも、もっと廃材、間伐材、林地残材を利用すべしなどの声もあるが、私はあまり賛成できない。

林地残材など、集めてくるのに大変な労力とコストがかかり、コマーシャルベースでやったら引き合うはずがない。シベリアの薪発電所がやっていけたのは、日本兵という名の奴隷労働力を無料で大量に動員できたからだ。もし彼らに労賃を払っていたらとても引き合わなかったろう。それに材木は成長が遅すぎる。何十年も育ててから燃して熱源に利用するだけなど、愚の骨頂としかいいようがない。燃して利用するなら成長が早い植物がいいにきまっている。ヒマワリ、トウモロコシなどからエタノールを抽出するとか、繁殖が早く炭化水素分を大量に含む微細藻類をタンクで植物工場的に大量培養することで「石油の工場生産化」をはかるというなら現代的でよいが、いまさら裸の人間労働を頼りに木材資源を集めるなど、バカバカしすぎて話にならない。

　最近エネルギーの勉強をはじめたら驚くことが多い。電源別の発電量シェアを見ると、かつて（六〇年代前半）全電力の五割以上を占めていた水力はいまや（〇九年）わずか八・二％と、とるに足りない量に落ちている。かつて（七〇年代石油ショック以前）七割以上を占めて他を圧していた石油は、どんどんシェアを落として、いまや七・七％と水力以下になっている。代ってシェアをぐんぐん伸ばしたのが原子力で、いまや（〇九年）ほぼ三割（二九・二％）を占め、二〇一〇年に策定したエネルギー基本計画では、これから原子力の比重をさらに高め、二〇三〇年までに五割をこえるところまでもっていこうとしていた（震災以後見直し）。ではいま原子力がシェア第一位かというと、そうではない。ＬＮＧ（液化天然ガス）が原子力を抜いて第一位（二九・四％）なのである。さらに驚くべきは、一時（七〇年代）大気汚染の元凶といわれ、どんどんシェアを落した石炭が再びシェアを拡大し、もうすぐ、ＬＮＧ、原子力と肩をならべそうなところまで（二四・七％）盛り返していることだ。

　何が起きたのかというと、日本は石炭火力発電の技術（超臨界圧、超々臨界圧、石炭ガス化複合発電など）を驚くほど向上させ、熱効率四一・六％で圧倒的に世界一（インド、中国は三二％程度。アメリカ三六％）になっただけでなく、CO_2排出量など大気汚染面で世界でいちばんクリーンなレベルに達している。どれくらいクリーンかというと、もし、米中印三国が日本のクリーン石炭発電技術を取り入れたら、それだけで、世界のCO_2排出量が十三億トン（日本の総CO_2排出量に匹敵）も減るほどだ。

石炭に輪をかけてすごいのがＬＮＧである。何しろＬＮＧ発電は、日本が世界で最初に手がけた技術である。公害問題まっさかりの六〇年代、ＬＮＧが最もクリーンな化石燃料（硫黄酸化物は出ない。煤塵も出ない。窒素酸化物は最小限）であるところに目を付け、原油に比較すると価格が三〇％も割高であったにもかかわらず、当時の木川田一隆・東電社長の大英断で導入したことからＬＮＧ時代がはじまった。それ以来東電はＬＮＧの世界最大の買い手となり、ＬＮＧ船の世界輸送量の半分は東電向けといわれる時代がつづいた。

発電技術においても世界最高の技術を開発しているというので、日本最大のＬＮＧ受入基地を持つ火力発電所富津発電所を見学してきた。ここでは、まず高温で爆発的に燃焼させたガスでガスタービンを回し、次にその排気ガスを熱源として蒸気を発生させ、その蒸気で蒸気タービンを回すという、〝一粒で二度おいしい〟方式の徹底したエネルギー利用（コンバインドサイクル発電）法を開発し、世界最高水準の発電効率（五九％）を達成している。この発電所の一号系列から四号系列までの出力を全部合わせると五百四万キロワットになる。シベリアのセーヤの発電所の三千三百六十倍だ。もし薪発電でこれをまかなわなければならないとしたら、毎日三千三百六十ヘクタールの森林を伐採しつづけなければならないことになる。もし一年運転しつづけたら、約一万二千平方キロになるから、東京都（二千二百平方キロ）の五倍以上というとてつもない面積を伐採しなければならないところだった。それではとんでもない自然破壊になる。

自然エネルギーの素材ナマ利用はすべて効率が悪すぎる。バイオマスだけではない。風力も、太陽光も同じことで効率が悪すぎる。日本の生きる道は、多数の電源を併用するベスト・ミックス方式しかないが、どの電源を選ぶにしろ、頭をもっともっと使って技術を発展させ、効率を最高度に高めていくことしかないと思う。

来るべき大革命

現代社会ではレーザーがいたるところで使われている。日常生活から公共インフラ、産業社会までレーザーなしには一歩も動かなくなっている。

いまレーザー技術発展の極限形として、X線自由電子レーザーなるものが生まれつつある。それは、〝夢の光〟と呼ばれ、科学と技術の世界を一変させようとしている。

相生（兵庫県）の播磨科学公園都市に日本初のX線自由電子レーザー「サクラ」を見に行った。といっても知らない人が多いだろうが、これは日本の「国家基幹技術」の一つに選定され、この五年間で三百八十億円の巨費を投じて開発された巨大装置だ。

国家基幹技術とは、国家が命運をその技術の成否に賭けるくらいの重要技術ということだが、二〇〇六年にその一つに「X線自由電子レーザー」が選ばれたとき、それが何であるかを知っている日本人は、ほとんどいなかった。

しかしそれから五年、プロジェクトは着々進行し、「サクラ」はいま我々の目の前にその巨姿（全長七百メートル）をあらわしている。場所は、日本が誇る世界最大の放射光施設「スプリング8」のすぐ隣り。「スプリング8」と「サクラ」は、姉妹関係にある。

X線自由電子レーザーがなぜ国家基幹技術になるのだろうか。X線自由電子レーザーは、一九八〇年代にその理論的可能性が学者によってはじめてとなえられた。もしそれが実現したら、それがあまりに画期的な性能を持つが故に、科学と技術の世界を一変させると予測された。九〇年代に入ると世界中でその実現に向けて大競争がはじまった。

技術力と資金力の両面から、開発可能とされたのは、日米欧の三極だった。

一歩先んじたのは、アメリカで、早くも二〇〇九年にレーザー発振に成功している。次が日本で、このほどアメリカに二年おくれでレーザーを発振させた。ヨーロッパはいまドイツのハンブルグに建設中だが、レーザー発振は二〇一五年といわれている。

X線自由電子レーザーの何がすごいかといえば、その光の強烈さである。それはこれまで地上に現出した光の中で最も強烈な光といってよい。X線自由電子レーザーが実現する前、地上の最も強烈な光は、「スプリング8」が発する放射光（X線）だった。それはきわめて強い光で、その光をあてつつ蛍光X線分析をすると、他のいかなる分析手段よりも精密な分析ができる。好例があの和歌山カレー事件の砒素だ。カレーの砒素とあの犯人の家にあった砒素との同一性を不純物のまじり方から見事に証明したのがスプリング8だった（同じ会社が作った同じ銘柄の砒素でも、不純物のまじり方はみな微妙にちがっていた）。また「はやぶさ」が持ち帰った微粒子を分析して小惑星イトカワ起源であることを証明したのもスプリング8だった。

いまスプリング8を最高に利用しているのはトヨタ自動車かもしれない。トヨタは、スプリング8の中に独自の専用ビームラインを引き（しかるべき使用料を払うとできる）、そこであらゆる部品と材料の研究をしている。それで得た成果が、ガソリン車については排ガス浄化用の触媒の働きをX線吸収微細構造法によって原子レベルで完全解析し、最高性能のものを作ったこと。ハイブリッド車については、リチウムイオン電池の劣化の原因を原子レベルで調べて、最高性能のものを作ったこと。トヨタが世界一の自動車メーカーになれた背景にスプリング8の徹底利用があるのだ。トヨタのように専用ラインまで作ることはできないが、コンソーシアムを作るなどして共同利用している会社はいろんな業界合わせて七十九社にものぼる。日本の企業の高度な技術力の秘密の一端がここにある。

X線自由電子レーザーのすごいところは、光の強さ（ピーク輝度）が、そのスプリング

8以上に強いというところにある。ピーク輝度でくらべると、なんとスプリング8の十億倍にもなるのだ。もう一つすごいのが、オングストローム（原子の大きさ）級というその波長の短さにある。波長は、解像力の限界を示す。光学顕微鏡は光の波長より小さいものを見ることができない。光学顕微鏡では、細胞は見えるが、細胞以下のものは見えない。生物の世界で起きている現象の主役は、タンパク質とかDNAといった生命分子だが、それは顕微鏡では見えない。しかし、X線自由電子レーザーなら、分子どころか、分子を構成する原子が一つ一つ見えてしまう。

もちろん電子顕微鏡なら細胞以下の世界も見える。しかし電子顕微鏡は対象を殺して固定しなければならない。生きたまま観察はできない。ところが、X線自由電子レーザーならそれができる。生きて動いている状態を瞬間的に止めて見ることができる。

X線自由電子レーザーは、連続光でなくてパルス光だから、ストロボ写真と同じなのだ。そのパルス幅がなんと百フェムト秒（十兆分の一秒）という短さだから、どんな速い動きも分解写真にすることができる。すると、これまでどんなことをしてもとらえられなかった化学反応の世界のような超高速の現象を、分解写真にして、全過程をゆっくり追うことができる。

自由電子レーザーが、科学の世界に革命を起すといわれる最大の理由はこれだ。

特に大革命が期待されるのは、バイオの世界、それも創薬の世界だ。薬がどこで作用するかというと、ほとんどは細胞の膜タンパクにおいてだ。あらゆる細胞は膜に包まれている。膜の上に膜タンパクがならび、それがチャネルと呼ばれる通路を作ってあらゆる物質の出入りを管理している。いい薬を作ろうと思ったら、まずは膜タンパクの世界を解明しなければならないのに、それがほとんどできていない。膜タンパクの構造解析がほとんど進んでいないからである。構造解析のためにはタンパク質の大きな結晶を作る必要があるのに、それができなかった。ところが、いち早くX線自由電子レーザーを作ったアメリカでは、タンパク質の大きな結晶なんて作る必要がないといいだした。ナノメーターサイズの微小な結晶を山ほど作り、それにX線自由電子レーザーをバサッとあてれば一挙に構造解析できるとか、さらには、タンパク質が一分子でもあれば、それにレーザーをあてるだけで即座に構造が解析できるとまでいいだした。X線自由電子レーザーでいまタンパク質の構造解析の世界に大革命が起ろうとしている。ウカウカしていると、創薬の世界は自由電子レーザーを手にしたアメリカの独壇場になりそうな気配すら出ていた。

そこに、一周遅れで走りだした日本が、たちまち世界記録を作ったことで形勢が大きく変りはじめた。サクラはこの三月にようやく施設が完成し、調整運転をはじめたと思ったら、早くも六月に、「レーザー発振！」に成功した。

しかもその発振波長は一・二オングストロームでアメリカが持つ世界記録にならぶものだった。そのわずか三日後に、サクラは一・〇オングストロームを出し世界一位になった。サクラはその後も記録を更新しつづけ、いまや〇・八オングストロームと前人未到のレベルに達した。

サクラの本格運用がはじまるのは来年三月からだが、この世界一の性能を使いこなすようになったら見るものの見るものすべてが大発見の連続ということになるだろう。科学は全て見ることからはじまる。サクラはいずれ日本にノーベル賞のラッシュをもたらすにちがいない。

ドジョウ総理の未来

私が出た（一九五九年）高校は、都立上野高校で、上野公園の一角にあった。上野動物園と背中合わせになっていたから、授業中であろうと何であろうと、しょっちゅういろんな動物の奇妙な鳴き声が聞こえてきた。あまりに変な声を聞くと、あれはいったい何だったんだろう、と確かめたくなる。必然的によく動物園に行くようになった。動物園との縁は、大学に進学しても、大学を卒業しても切れなかった。大学時代の通学路は、上野駅で降りて、上野公園を斜めに突っ切り、不忍池に出る。そこから動物園の金網沿いに歩いて大学の裏門から入るというものだった。金網の向うは動物園の西園だったから、西園を毎日外側からのぞいていたことになる。上野動物園は、もともとスペースが足りない東園から、スペースに余裕がある西へ西へと発展してきた歴史がある。その変化を毎日のぞいていたわけで、何か新しいものを目にするとすぐそれを見にいった。動物園にとりわけ詳しくなったのは、二十代の後半に、動物園の裏門の近くに住むようになり、「動物園友の会」に入ったからだ。友の会に入ると、ちょっとした会費を払うだけで、動物園に何度でも入れた（今は制度が変わり年間パスポートは別料金）。近所で入場無料だったから、それこそ散歩がてら毎日のように行っていた。それに、動物情報、動物園情報満載の友の会報がよかった。講演会、夜の動物園見学会など友の会員限定の特別催しが多々あり、たちまち私は動物園通になった。

その頃私は、勤めをやめて、大学の哲学科に学士入学したばかりの貧乏学生だった。ろくに金がなく、動物園に好きなだけ行くのが、唯一最大の娯楽だった。その頃住んでいたのは根津の六畳一間（トイレなし風呂なし）月九千円の安アパートだった。迷いこんできた野良ネコに二、三度エサをやったら、なんとなく居つかれてしまったので、アリストテレス・ソクラテスと名付けて、しばらく同居していた（食器と寝具を共用）。名前の由来は、その頃、世間を最も騒がせた事件といえば、故ケネディ大統領夫人、ジャッキーが、突然年齢が親子ほどもちがう大富豪オナシスと結婚したことだったが、彼の正式の名前がアリストテレス・ソクラテス・オナシスだったことにある。哲学科の授業で、アリストテレスもソクラテスもギリシア語で読まされて、ヒーヒーいわされている最中だったので、「なんであんな醜怪なオヤジがアリストテレス・ソクラテスなんだ」と向っ腹をたてて、ネコにその名を付けたのだ。そしてしょっちゅう頭をピシャピシャ叩いた。ある日、こいつもネコ族なんだから、ネコ族の王様（トラとライオン）を見せてやらねばと思って、彼を抱いたまま動物園にいった（本当は違反）。檻の前に行って、「ホラホラ」と身体を押すようにすると、ネコは全身総毛立ち身体をこわばらせた。「フー、フー」と背中を丸くして、私の腕に爪を立てた。そのあと、ゾウやクマやサルも見せてやったが、どこに行っても大興奮で、そのうち手を離したスキに逃げだしてしまった。アパートに帰ると、ネコはいつのまにか近くの家の塀の上に戻っていたが、名前を呼んでもシカトして、振り向いてもくれなかった。

ドジョウ総理（二〇一一年に総理大臣になった野田佳彦はアダ名がドジョウだった）の登場で突然思いだしたのは、あの頃動物園でいちばん好きだったカワウソのことだ。西園のこどもどうぶつ園にはカワウソがいて売店のおばさんから小さな牛乳ビンに入れたドジョウを十円で買うと、それをエサとしてカワウソにやることができた。給餌口にビンの中身をブチまけると、パイプを伝って檻の中のカワウソにそれが届くのだ。カワウソは、ドジョウを買って檻に近づく人がいると、それを素早く察知して、エサの出口にしがみつくようにする。ドジョウが出てくると、パッとつかまえて、すぐ頭からむさぼり食う。そのさまは何とも残酷だが可愛くもあり、ついつい、二匹、三匹と買い与えるのだった。

ドジョウ総理の登場で、もう一度あれをやりたいと思ってわざわざこどもどうぶつ園に出かけてみた。しかしカワウソはいなかった。カワウソに「ホラお前にも日本の総理大臣を喰わせてやるぞ」とドジョウをやるのもオツだろうと思ったのだが、あてが外れた。カワウソは東園に移ったということだったので、行ってみたが、そこにもいなかった。立派なカワウソ用の特別ケージ（アクリル製で透明。水中の生態を観察できる）があることはあったが、中には、一頭もいなかった。案内所で聞いたら、つい最近（ユーラシア）カワウソはみんな死んでしまったのだという。最近まで、震災で福島の水族館のカワウソが疎開してきていたが、それも帰ってしまったので、いまは一頭もいないという（コツメカワウソという別種のミニサイズのカワウソはいる）。

ガッカリして帰る途中で、なじみの本屋に立ち寄ったら、「かわうそタルカの大冒険」（デヴィッド・コーベン監督）というむかし大評判になった映画のＤＶＤをわずか五百円で売っていたので、それを買って帰った。

もう三十年以上も前に作られた映画だが、これがすごい。宣伝文句に「動物映画の金字塔ついにDVD化！」とあったが、これは本当に金字塔というにふさわしいできだ。見ていて、こんな場面、どうやって撮ったのだろうと不思議な場面が随所に出てくる。NHKの動物ものをよくするプロデューサーに見てもらったら、「これはものすごい手間ひまかけて作っていますね。最低でも三年、もしかすると四年ぐらいかけているんじゃないかな。主人公のタルカは、子供のときから人間に育てられ、人間に徹底的に飼い馴らされた個体ですね。ドキュメンタリーでは邪道と排されるが、映画なら許される演出が随所に見られます。スタッフのクレジットにカワウソ使いが三人出てくるし、イヌ使い、フクロウ使いも出てくる。イギリス伝統の徹底的な飼い馴らし動物による映画ですね。セットも相当大がかりなものを組んでいるはずです」。

映画もすごいが、実は原作がもっとすごい。著者のヘンリー・ウィリアムスンは、第一次大戦に従軍後すっかり人間ぎらいになり、英デボンシャー州に引っ込んで、自然の中の小さなコテージで隠者のような生活を送った人だ。イヌ、ネコ、カモメ、ノスリ、カササギ、カワウソと一緒に住み、人間とはほとんど付き合わなかった。

タルカは人間に母親を撃ち殺されたカワウソの子供で、母親と死に別れたあと、そのまま放浪の旅に出る。デボンシャー州をほとんど縦断するような大旅行をしつつ大人になっていく。恋愛をし、家庭もきずくが、やがて母親を殺したと同じ人間と猟犬に追いたてられる。最後に母親を殺した猟犬と大格闘をし、その喉を噛み切ってから自分も死ぬという大河小説のような波瀾万丈の物語だ。その自然描写とドラマ化があまりに巧みなところから、いまでもイギリスの自然愛好家なら一度は子供のときにこの物語に熱狂したことがあるといわれる。

ドジョウ総理の未来もこれから波瀾万丈だろう。ひたすら頭を下げつつ、下手《したて》下手《したて》に出て、実利をとっていくというこれまでのスタイルをくずさなければそこそこの実績はあげられるだろう。しかし、いずれ、国家を代表して乾坤一擲、相手の喉笛を噛み切るか噛み切られるかの大勝負に出なければならない日もくるはず。そのときドジョウ総理、カワウソ総理に化けることができるかどうか——。

地球外生命

一九三八年のノーベル賞受賞者エンリコ・フェルミといえば、歴史上最も有名な核物理学者で、世界最初の原子炉を作り、核分裂の連鎖反応の制御技術を開発するなど数多くの業績がある。

そのフェルミの最も有名でない、ノーベル賞級というよりイグノーベル賞級の発見が、宇宙人の存在に関する「フェルミのパラドクス」だ。一九五〇年夏、ロスアラモス研究所の同僚たちと、近くのレストランに昼食に出かけ、食後の談笑がたまたま宇宙人に及んだ。当時アメリカでは宇宙人もののハリウッド映画が大評判で、空飛ぶ円盤目撃証言があいつぐなどして、宇宙人は最もポピュラーな話題だった。〝Where are they?（だけど彼らはどこにいるんだ）〟というのが、そのときフェルミが発した疑問だった。これだけ広大な宇宙に、ほとんど無数の星が存在している。そして、宇宙開闢《かいびゃく》以来の長い長い時間を考えてみれば、宇宙のどこかに、別の発生と進化をとげた生命体がいて、それが別の文明を築いていることは充分ありうる。彼らが大挙して地球にやってきて、地球を彼らの植民地にしてしまうことだって考えられる。可能性だけを考えれば、それは大いにありうることだが、現実には、彼らはどこにも発見されていないじゃないか、というのがフェルミの指摘だった。宇宙人の存在をめぐる議論はそれ以後も世界中で延々とつづけられているが、このフェルミのパラドクス（いるはずの宇宙人が見つからない）をきれいに引っくり返す（いない理由を説明できる）科学的宇宙人存在論はない。もちろん、非科学的前提に立つ、SF的（空想的）宇宙人存在論はいくらでもある。それらの説を信じこんでいる人たちも沢山いる。宇宙人はすでに地球に来て、人間社会に潜りこんでいるとするエイリアン仮説などはその典型だが、ここではそのたぐいの荒唐無稽な議論は無視する。

科学の基礎は懐疑主義にある。サイエンスの世界において、基本的に証明がない理論は信じられない。あらゆる懐疑に反論ができるのは、事実による証明だけ（論より証拠）だ。そこでずっと以前から、宇宙人存在論者による科学的存在証明の試みがつづいている。最も古いのが、電波による交信の試み。一九六〇年のオズマ計画以来、SETI計画、フェニックス計画、ドロシー計画など、公的資金を使っての宇宙人とのコンタクトの試み（受信と送信）がアメリカでは組織的に行われてきた（国際天文学連合にも認知されたプロジェクト）。

しかし、半世紀以上たつというのに、何らかの意味での宇宙人とのリアルなコンタクトが成立したという話は全くない。技術的にコンタクトの方法が誤っている（周波数がちがう、コードがちがうなど）可能性もあるが、地球文明が宇宙で孤立した文明である（空間的孤立と時間的孤立。別の時代には宇宙人がいたかもしれないが今はいないなど）可能性のほうが高いと考えられている。

つい最近まで科学者の標準的な考えは、宇宙人なんていない、宇宙人のみならず、宇宙に地球生物以外の生命体はない、というものだった。

ところが、ここ一年ほどの間に、一挙に、標準的な考えが大転換した。

いまや、科学者の多くが、宇宙人はともかく、宇宙に地球生物以外の生命体が発見されるのは、時間の問題と考えるようになってきた。

何がその大転換をもたらしたのかというと、系外惑星の発見が相次いでいることだ。系外惑星とは、太陽以外の恒星のまわりをめぐる惑星のことである。惑星は一般に自力で光らないから、遠くからでは光量が足りなくて観測しようがなかった。それが観測技術の向上で、少しずつ見えるようになってきた。いまや、約七百という驚くべき数の系外惑星が発見されている。発見といっても望遠鏡で光学的にその星の輪郭を観察するわけではない。主星に与える軌道のわずかなゆらぎから惑星の存在を推測するとか、主星を観測しているときに、その視野を横切る小さな星の影を見つけるといった間接的な方法（トランジット法）しかいまのところ観測手段がない。間接法で得られる情報はきわめて乏しい。いまのところ存在確認が主たる情報で、その惑星に生物がいるかどうかまではわからない。しかし近いうちに観測技術のさらなる向上で、生命活動の有無までわかるようになるだろうと期待されている。

いま国立天文台を含む五つの国立研究所の連合体である自然科学研究機構で、数カ月前から、「宇宙と生命」懇話会なる研究会が作られ、最新情報を検証したり、公開シンポジウムを開いたりといった活動をつづけている（私はそのスタートからのメンバー）。そこで聞く話は驚きの連続で、例会に出るたび、地球生命以外の生命体が発見される日は近いと思わざるを得ない。

はじめ年に一個二個程度だった発見が急激にふえたのは、〇九年に系外惑星発見を目的とする探査衛星「ケプラー」が打ち上げられたことによる。いまでは存在を確認された系外惑星が七百に近づき（二〇一一年十月二十日現在）、それ以外に系外惑星の候補とされる天体が千七百以上も見つかっている。しかし、惑星に生命体が存在するためにはその惑星がハビタブルゾーン（生命環境圏）にあることが必要だ。ハビタブルゾーンとは、生命に最も必要な水が液体でいられる温度帯ということで、太陽系でいえば、それは地球だけ（大昔は火星も？）なのである。「ケプラー」は約四年間にわたって十万個以上の星を観測予定というから、もっともっと沢山の系外惑星（候補）を見つけるだろう。

「ケプラー」が見つけたハビタブルゾーン内の系外惑星はすでに五十個を超えている。また「すばる」を含む世界の大型地上望遠鏡でも、系外惑星探査が精力的に進められている。将来計画としては、ケプラー以上の探査衛星が、アメリカで作られようとしているし、大型の地上望遠鏡も二十メートル鏡、三十メートル鏡（すばるは八メートル鏡）の計画が進行中だ。さらにその先ヨーロッパでは四十メートル鏡が考えられている。それらが完成した暁には、直接法による観測結果として、「生命の存在確認」のニュースが流れる日も来るだろう。あるいは、系外ではなく、太陽系内の他の惑星の衛星の中に、生命存在がありうるとも考えられている（木星の「エウロパ」、土星の「タイタン」「エンケラドス」など）。これもそう遠くない時期に直接の探査が行われる予定だ。

人間は、これまでこの宇宙で唯一の生命体であることを誇りとしてきたが、その根拠がくずれる日が近いということだ。それが確認されたら、人間の自己認識、世界認識はどのように変るだろうか。

実はいまから二百五十年も前に、哲学者のカント（天文学にも通じていて、最初の科学的宇宙論の構築者でもあった）が、他の惑星に住人が発見された場合に人間に及ぼすインパクトを論じたことがある（『天界の一般自然史と理論第三部』）。それは、乞食の頭の中に住むシラミが、隣人の頭の中のシラミを見て、「われわれは全自然の中で唯一の生物ではないのだ。ほら、ここに新しい土地がある。ここにはもっとたくさんのシラミが住んでいる」というに等しいことだろうといった。そして「シラミは自分の存在が自然にとって無限に重要だと思いこんでいたから」そのような反応を示したのだろうといった。そして、最高段階の存在者から見たら、ヒトもシラミも同レベルの存在なのにと笑った。我々人間は、来るべきその日、カントが笑うシラミ以上の認識を持てるだろうか。

四次元時計

日本でいま世界最高の時計が作られつつある。それは、世界で最も精確な時計で、光格子時計と呼ばれる。なんと百億年に一秒しか狂わないという。宇宙創生（ビッグバン）から動かしたとしても一秒しか狂わないのだ。

いま現在、世界で最も精確とされ、世界標準時刻を刻むのに用いられているのは、セシウム原子時計。ところがこの時計は数千万年に一秒くらい狂う。千万年を秒でかぞえると、十の十五乗だから、これを時間精度十五桁という。光格子時計は、理論的に十八桁の精度を出せる。一挙に千倍も精度がアップするのだ。それだけ精度が上がると、その精度を確かめるのも大変だ（現行の世界最高時計でもチェックしようがない）。結局、二台の試作機を作り、相互参照しながら精度を上げていっている。

時計も、これくらい精度が上がると、全く異質の計測器になる。単なる時間の計測器ではなくなって、アインシュタインの相対性理論でいう、「時空の歪み」を測ることができる計測器になる。

アインシュタインに従えば、我々が住んでいるこの世界は、時間と空間が深く結びついた四次元世界である。超高速（光に近いスピード）で移動している空間では、長さがちぢんだり、時間が遅れたりする。これは、実験的にも証明されており、超精密時計を飛行機やロケットに乗せて飛ばすと、たしかに微小な時間遅れが生ずることが確認されている。

これまでは、時間や空間がちぢむという相対論的な効果は、光速に近いスピードで動く空間についてだけいえることで、我々の日常的な世界とは全く無縁と考えられていた。しかし、時間を測る精度が、光格子時計がめざす十八桁まで上がると、そうではなくなる。我々の日常世界にまで、相対論的効果による時空の歪みが入りこんでいることが見えてくるというのだ。この時計の基本アイデアを出し、試作機を作っているのは、東大大学院の香取秀俊教授。

「これだけ精度の高い時計だと、地球の重力のほんのちょっとしたちがいもその時間計測に影響を与えます。逆にいうと、時間計測の微小な変化でもって、その時空の重力による歪みを精密検出できるのです。いまこの時計を試験的に作って、精度をいろんな方法で確認中ですが、すでに、セシウム原子時計を超えて、十七桁に達していることが確認されています。時計を置く場所の高さ（海抜）が五十メートルちがうと、確かにその重力の差を感知するのです。設計値では十八桁まで精度が上がる予定ですが、そうなると、一センチ上げ下げしただけで、その重力変化を感知します。そこまでいくと、この地球では太陽の引力と月の引力を受けて四六時中潮汐の変化を起しているわけですが、その潮汐力効果で、海洋のみならず、地球全体がまるでゴムまりのようにふくらんだりちぢんだりしているのがわかります。その効果がそれぞれの地点でどの程度出ているかわかります。つまりこれまでは、時計はどんな場所に置いても、いつでも同じように時間を刻むと考えられてきましたが、今度は、時空がちょっとでもズレると、同じ時間を刻まなくなるんです。この時計を持ったまま歩く人がいると（もちろん重くてそんなコトできませんが）、その歩行のスピードで生じる相対論的効果がその時計の時の刻みに変化を与えてしまうのです。それだけ鋭敏な時空の歪み検出計になるということです。そうなると、これは将来的には、あらゆる地下資源（密度のちがう物質の存在は微妙な重力の変化をもたらす）の探査にも使えるし、地殻変動によって起きる重力の変化も鋭敏に察知しますから、プレートの移動が測れるし、大地震の予知にも使えるといった思いがけない応用が次から次に出てくると思います」

セシウム原子時計の十五桁では精度が足りないので、いま日米欧で次世代世界標準時間の基準となる新しい原子時計作りの激烈な競争がはじまっている。その中で日本の光格子時計がトップを走っている。光格子時計の基本メカニズムは、精度が高いレーザー光線で格子構造を作り、その光の波の谷間に、絶対零度近くに冷却したストロンチウム原子百万個をのせて……、といった精密さの極致をいくような構造である。レーザーの精度がもうちょっと上がれば、本当に夢の十八桁に届くところまできている。

まるでウソみたいな話だと思いつつ、東大からの帰り道、上野の国立科学博物館に寄った。時計の歴史を知りたいと思ったからだ。そこで見て驚いたのが、和時計の歴史。

江戸時代、日本は近代国家には珍しい、不定時法の国（一日の長さも単位時間の長さも決っていない）だった。夜明けとともに一日がはじまり、夜の到来とともに一日が終った。夜明けを明け六つといい、日暮れを暮六つといった。昼と夜をそれぞれ六つに区分して一刻《とき》とし、十二支の名を与えた。午《うま》の刻が昼の十二時ごろ。正午、午前、午後の語源がそれだ。一刻《いっ》は四等分されて、一つ二つ三つと数えた。「丑三つ」時は午前二時ごろにあたり、「草木も眠る」のだ。

日の出、日の入りは毎日少しずつずれるから、和風の時刻と一日の長さも少しずつずれた。日本に西洋式の時計を最初にもたらしたのは、キリスト教を伝えたフランシスコ・ザビエルその人。その時計は西洋風の時刻表示だったから日本人になじまなかった。江戸時代日本人は西洋式機械時計にいろんな工夫を凝らして、和風不定時法の時刻表示をさせることに成功した。これが和時計で、その最高傑作が科学博物館にある万年時計（一八五一年）。これは、からくり儀右衛門と呼ばれた江戸期最高のエンジニア田中久重が作ったもので、六面の時刻表示部では七曜、二十四節気、十干十二支、月の満ち欠けなども示し、さらに天頂部の天球儀で太陽と月の動きまで示した。田中は明治以後、電気通信分野に進出、東京に工場を作った。これが後に発展して東芝（東京芝浦電気）になった。

明治政府は、すべてを西洋文明に合わせようとして、明治六年、西洋の太陽暦を全面採用。和風の時刻表示もやめた。アメリカから西洋時計を大量輸入して、これを日本全国で使わせた。しかし、日本の時計職人たちが作っていた和時計は、同時代の西洋時計よりはるかに複雑な作りで精巧にできていたため、職人たちはアッという間に、西洋時計の技術を習得。輸入時計以上のものを安く作り、アジア各国の市場を席巻した。

それと同じことが戦後の日本でも起きている。かつて世界の高級腕時計といえば、スイス製で、スイスの天文台が時計の精度のコンテストをしていた。あるときから日本の時計が首位を独占しそうになったのでコンテストはやめになった。一九六九年に、セイコーが水晶クオーツ時計を発明してからは誰も時計の精度を問題にしなくなった。そして、近年の電波ソーラーの流行。世界中で世界標準時刻が電波で発信され、時計もそれに自動的に合わされるのが当たり前になってからは誰も個人が持ち運ぶ時計の精度を問題にしなくなった。しかし、それでも、世界標準時刻設定の大本のところでは、これまでにないスケールの大激戦が繰り広げられているわけだ。これまで、精度を一桁上げるのに十年かかるといわれてきたが、光格子時計は、それを一挙に三桁上げて、究極のステージまで上がろうとしている。そのとき時計は時計以上のものになり、日本はもう一つの世界一を持つ。

飽食時代の終焉

必要があって、区役所に住民票を取りにいった。IDカードの提示が求められたので、東京大学の写真付き身分証明書（私は東大情報学環の特任教授をしている）を提示したら、「これでは十分でない」といわれた。「何かもう一点身分を証明するものはないか」という。そういえば、入口のところに、一点で身分を証明できるものと、二点以上の身分証明が必要なものが例示してあった。運転免許証など官公署が発行する写真付き身分証明書は、一点でOKだが、他の身分証明書は、もう一点の付加証明（年金手帳、健康保険証、三カ月以内の公共料金領収書など）が必要という（東京大学は官公署ではないのだ）。

昔は、住民票など誰でも簡単にとれた。本人でなくとも取れたから、そもそも本人証明なんて全くいらなかった。しかし幾つかの不祥事があったからなのだろうが、日本はあるときから、必要以上にプライバシーの保護が叫ばれ、世界でも珍しいほど個人情報の取得に厳しい国になってしまった。

日本人は、あまり知らないようだが、日本の住民登録制度はかなり普通ではない。住民登録制度とは、いってみれば、国家が全国民の住所を常時把握していて、それを管理する(住所を変更するたびに官公署に届けさせる)という制度である。これは全体主義国家的制度で、「誰がどこに住もうと個人の自由」という憲法で保障された基本的人権、「居住移転の自由」に抵触する恐れの強い制度だと思う。アメリカでは、こういう制度はない。住民登録もなければ、住居を移転するたびに届けを出す必要もない。なにかにつけて住民票の提出を求められることもない。

アメリカ人に、日本にはこういう制度があるといって、住民登録とか住民票の話をすると、「エーッ」といってびっくりされる。「何だそれは!?　まるで、オーウェルのビッグ・ブラザーによる監視社会じゃないか」といわれたりする。

日本では、引越すたびに住民登録をして、いつでも住民票を取れるようにしておかないと、できないことが山のようにある。選挙、就職、入学、公的試験の受験、公的制度の利用(年金、医療保険など)、免許・パスポートの取得、などなど、各種の市民権が行使できない。銀行口座の開設、不動産の購入、他人と契約関係に入ることなどもできない。

アメリカではそのあたりはどうなっているかというと、住民票は求められないが、日本で住民票が必要とされるほとんどあらゆる場面で求められるのが、社会保障番号（ソーシャル・セキュリティ・ナンバー）の提示である。社会保障番号とは、アメリカ人なら誰でも、市民権を得たときに（アメリカ生まれの人は生まれると同時に市民権を得るから、生まれたときに、出生証明書の提出と同時に）与えられる九桁の番号で、以後一生、個人のＩＤ番号としてそれが付いてまわる。軍隊に入ると、この番号がそのまま兵隊の認識番号になり、兵隊がみんな首からぶら下げている金属製の認識票に刻印されている。この番号はまた内国歳入庁によって、連邦納税者識別番号としても利用されている。アメリカでは誰かから支払いを受けるときも、誰かに金銭を支払うときも、内国歳入庁にこの識別番号とともに、その支払額を報告することになっている。

もともと社会保障番号制度は、一九三六年にニューディール政策の一環としてはじまった社会保障プログラムの円滑な遂行のために作られた制度だが、次々に拡張利用されていくうちに、アメリカ社会では、全国民に不可欠のＩＤ制度（国民総背番号制といってよい）となっていった。銀行に口座を開くときも、クレジットカードを入手するときも、各種の契約をするときも、この番号の申告によって本人確認がなされるから、日本のような住民票の提示が求められることはない。

アメリカでは、日本のように国民の居住と移転の自由に抵触するような制度は作らない代り、所得の捕捉と社会保障サービスの給付を目的として、すべての国民を番号で管理しているわけだ。これまたもうひとつの「ビッグ・ブラザー的監視」といえるかもしれないが、いまほとんどあらゆる国家がいずれかの立場から、全国民を背番号で管理する体制をとっている。

日本でも国民総背番号制の導入が何度か試みられたが、そのたびに反対の声が各方面から上がって流産させられてきた。野田内閣は、かねてから最優先課題としてきた「税と社会保障の一体改革」を推進するために、国民総背番号制（「マイナンバー」）を導入することを企図している。いずれ、その是非をめぐって日本中でスッタモンダの議論がはじまるだろう。

社会保障番号（米）、国民保険番号（英）、税務番号（伊）、市民サービス番号（蘭）、個人識別番号（スウェーデン）、住民登録番号（デンマーク）、国民ＩＤ（エストニア）、ＮＩＲ（仏）など、名称こそちがえ、現代国家では、ほとんどの国が何らかの意味での国民総背番号制を導入している。裁判所が「国民総背番号制は憲法違反」と判定を下したドイツのような国ですら、実は税務識別番号という形で、事実上の背番号制を導入している。税と社会保障の両面で公平原則を貫こうとすると、結局それしかないのである。

いま日本社会で一般的によく使われているIDカードは運転免許証だろうと思うが、運転免許証はそんなに昔から広く使われていたわけではない。運転免許の保有者が、人口の半数を超えたのは一九九〇年あたりで、それ以前は社会の少数者だった。では免許証以前の一般的IDは何であったかというと（大学生ならば学生証がそれだが、それ以外）、実は米穀通帳だった。こんなことをいうと、若い人にはキョトンとされ、「何ですかそれ？」と反問されるが、かつて米穀通帳は日本で最もよく用いられた、本人確認用のIDだった。住民票に書きこまれていることはすべて米穀通帳に書きこまれていたから、いまなら住民票が要求されるような場面で、代りに米穀通帳を出せば、だいたい用がすんだ（銀行口座の開設でも、公共図書館の利用でも）。四一年にお米の配給制度がはじまってからずっと、日本人は配給を受けないと、お米が入手できなかったから（お米を誰でも自由に売買できるようになるのは、七〇年代以後）、日本人全員が米穀通帳に名をつらねていた。

お米が配給だった頃、今のように、町に出ればどこにでも各種の食堂・おにぎり販売店があって、誰でもいつでも自由に米のメシが購入でき食べられたわけではない。五〇年代まで日本は米不足で米の流通が厳重に管理されていたから、配給米を自宅で調理する人以外は、配給所に行って、配給米の代りに外食券というものを購入した。それを食堂あるいは旅館などに提出してはじめて米のメシにありつけた。東京のように実家を離れて生活している地方出身者が多い町では、あちこちに外食券食堂があって（都内に約五百店）、そこに名前を登録し、外食券を預託した上で（昭和二十年代預託者五万人）はじめてメシにありつけたのである。私の父は長年の外食券食堂利用者だったから、上京すると私もいつもそこで食べていた。

日本の経済情勢がこれからどうなるかわからないが、私は日本がいつまた経済的に破綻して、食糧不足の時代に舞い戻っても不思議ではないと思っている。そうなると、また、配給だの外食券だのという話になるのだ。飽食の時代はもう終ったのだという意識を持たないと日本の将来は本当に危ういと思う。

「泌尿器科とわたし」

時間が経つのは早いもので、膀胱ガンの手術を受けてからもう五年目に入った。幸い経過は順調で、三年目までは、三カ月ごとに膀胱に内視鏡を入れて観察する三カ月検診を受けていたが、次第に検診と検診の間が伸びてきた。ガンの世界では、一般的に手術後五年たつとガンはいちおう治ったと見なされる（完治ということではない。再発はいつでもありうる）。日本では、五年以上の長期生存者は、ガン患者というより、「ガンサバイバー（ガン生存者）」にカウントされるのだ。

もっとも、ガンサバイバーの定義は人によってちがう。アメリカでは「ガンと診断された患者も、死ぬまでは全員がサバイバー」（国立ガン研究所）と考え、ガンと診断されたが、まだ生きている人のすべてをサバイバーにカウントしている。日本では五年未満の短期生存者と五年以上の長期生存者を区別して、後者のみをサバイバーとするのが普通だ。

ガン治療が急速に進歩したおかげで、アメリカでも日本でも、ガンの世界は、いまや、悪戦苦闘中のガン患者より、安定して生き延びている、ガンサバイバー（長期生存者）のほうが多数派になっている。ガンはいまや不治の病というより、病院に通いながら長期にわたって付き合いつづける慢性病の一種になりつつある。

アメリカでは、一九七一年に三百万人しかいなかったガンサバイバーが二〇〇一年には九百八十万人になり、二〇〇七年には、一千百七十万人に達している。日本では詳細に年次を追ったデータはないが、平成十三年度に行われた国立がんセンターの「がん生存者の社会的適応に関する研究」で、五年未満のガン生存者百三十七万人に対して、五年以上のガン生存者が百六十一万人と、すでにガンサバイバーのほうが多数を占める時代になったことを明きらかにしている。——ここで注意すべきは生存率がガンの種類によって大きくちがうことだ。長期ガン生存者の七五％は、胃ガン、乳ガン、結腸ガン、子宮ガン、直腸ガン、膀胱ガンの上位六種で占められている。アメリカでも、ガンサバイバーが最も多いのは、乳ガン（二二％）で、前立腺ガン（二〇％）、大腸ガン（九％）がそれにつづき、肺ガンになると、わずか三％しかいない。日本でも、肺ガンは部位別死亡数のトップで、サバイバーは少ない。

私の膀胱ガンは早期に発見されたせいもあり、順調な転帰をたどり、いまや普通人とほとんど同じ生活をしている。私は心臓にも膵臓にも問題をかかえているため（心臓冠動脈にステントが入り、糖尿病はクスリで抑えている）、膀胱ガンの予後よりそちらのほうがはるかに心配だ。

今年は、日本泌尿器科学会が創立されて百周年を迎えるとかで、それを記念しての「泌尿器科とわたし」という体験手記コンテストがあり、その審査員を依頼された。はじめ、そんな手記に応募してくれる人がどれだけいるのかと心配していたらしいが、フタをあけてみると、約千五百通の応募があった。私が読んだのは、予備選考を通過した三十四通だけだったが、いずれも、大変に重い内容をもった手記で、簡単には読み通せなかった。

自分が膀胱ガンだったので、それなりに、泌尿器科のことを知っているつもりだったが、応募手記を読んで、自分がこの世界をほとんど何も知らなかったと思った。

泌尿器科というのは、驚くほど守備範囲の広い科である。たいていの人は、泌尿器というと、オシッコ関連の器官としか考えないだろうが、実は、腎臓もその守備範囲だから、腎臓移植は泌尿器科医がやるし、腎臓ガンも泌尿器科医の担当だ。

もちろん、尿管、尿道、膀胱など尿にかかわる部位のガンはすべて守備範囲だが、驚いたのは、精巣（睾丸）ガン、陰茎ガン、前立腺ガンなど、尿とは関係ないガンもすべて、泌尿器科の扱いになっていることだ。尿道がペニスの中を通り、男性機能がペニスと周辺器官を通して営まれるところから、ガンだけでなく男性の性的機能にかかわる一切（早漏、勃起不全から、陰茎損傷、男性不妊症まで）も、泌尿器科が担当している（そのため、東大病院の泌尿器科は、「泌尿器科・男性科」を標榜している）。

精巣ガンは症例は多くないが、男性には相当衝撃的なガンのはず。応募原稿の中にも二例あったが、抗ガン剤がよく効いて完治が望めるガンであるところから、どちらも暗い話ではなかった。〈恋愛→看病→結婚〉にいたる話もあり感動的だった。

いまアメリカでも日本でも前立腺ガンが目立って増えている。アメリカでは男性ガン（患者数）の第一位、日本でも第三位だ。

ガンにならなくても高齢者になると、たいてい前立腺は肥大気味になり、それに伴って、排尿障害が起るようになる。それが極端になると、腎臓で尿がどんどん作られ、膀胱まで送られてくるのに、排出されないで膀胱にたまりつづけ、膀胱がパンパンにふくれあがって破裂しそうになる尿閉症を起す。これは放っておくと激痛で苦しくてたまらず、七転八倒する。人間は、腎臓が尿を四六時中作りつづけ、それを排出しつづけることで、かろうじて生きている。それで生理的平衡状態（水分と各種生理化学物質の恒常性保持）が保たれている。誰でも一日百五十リットル（ドラム缶一本分）の原尿を生産しているが、腎臓でその水分の九九％をリサイクルして体内に残してくれるから人は干からびないですむ。残り一％の水に老廃物を詰めこんで捨てるものが尿だ。尿閉でそのパイプが詰まったら、死ぬ思いをする。応募者の一人は、この尿閉を何度も体験し、最後は海外旅行中に機上で問題を起している。機内放送で、医者を探し、機中で毛布をしいてカテーテルを膀胱に入れ、緊急導尿で命拾いをしている。

手記で多かったのは、ガンよりも、排尿障害だった。さまざまな原因で（病気もあれば心因性もある）オシッコがうまく出なくなる。あるいは出すぎる（頻尿）。あるいは、尿が漏れる。止めようとしても止められない（失禁）。この悩みがものすごく多い。特に女性に多い。女性は男性に比較して尿道が短い（男性約二十センチ。女性三、四センチ）うえ、尿道を開けたり閉じたりする尿道括約筋が弱い。そのため尿失禁が起りやすい。失禁には、我慢がきかずに漏れる「切迫性失禁」と、咳、くしゃみ、重いものを持つなど腹圧がかかるときに漏れてしまう「腹圧性失禁」とがある。日本排尿機能学会の疫学調査によれば、「切迫性失禁」に悩む者は四十歳以上女性で、三百七十七万人、男性が二百二万人。「腹圧性失禁」に悩む者は女性四百六十一万人、男性八十二万人。失禁は高齢者になるとふえる。最近、中高年の快適生活応援などと称して、尿モレパンツ、尿とりパッドなどの通信販売の広告が、新聞各紙にのるようになったのはそのあらわれだ。

先日、定期検診で東大病院の泌尿器科にいったら、失禁を防ぐために、「骨盤底筋体操」をしましょうというポスターが貼ってあった。骨盤底筋体操とは、尿道括約筋と肛門括約筋を意識的に数秒間強く引き締めることを繰り返す体操で、実はこれ、一部のセックス指南書では、性感を高めるための「膣圧トレーニング」などと紹介されているのと同じものだ。肛門括約筋も、尿道括約筋も、膣圧を上げる筋肉も、これすべて骨盤底筋のファミリーで、神経線維はつながりあっている。一つをきたえれば、みんな一緒に機能が向上する。

高齢者には性感向上のための膣トレは必要なくても、尿モレ防止のための括約筋トレは必要なのかもしれない。

世代交代

久しぶりに仙台に立てつづけに二回行ってきた。仙台の小学校で宇宙に関する特別授業を、「はやぶさ」の川口淳一郎教授とともに行う企画のためだ。前夜から仙台に入り、授業を撮影するＮＨＫのスタッフと打ち合わせをした。駅近くの繁華街で、どこか居酒屋でもと思って、五店くらいのぞいたが、どこも満員で入れない。仙台はいま復興特需で、全国から各種業者が押しかけ、夜の街は大賑わいなのだ。

仙台の小学校での宇宙授業は、もともとがＪＡＸＡと東北大教育学部の共同プロジェクトで、昨年十月末にはじまり、すでに二十二回のセッションを積み重ねている。今回の授業はいわば総仕上げで、子供たちの発表を川口先生に見てもらおうという企画だ。

実は小学校の国語の教科書に、私が以前に書いた「人類よ、宇宙人になれ」が収録されている。人間は地球に生まれ、地球人としてずっと生活を続けてきた。しかし、今後もこのまま地球人としてずっと地球にとどまりつづけられるかどうかは疑問だ。地球環境の破壊がすすむ、あるいは太陽活動の激変などで地球に住むのが難しくなるかもしれない。そういう場合は、火星を人間が住める星に改造して、火星に移住してしまうことなども考えられる。

人間を地球に縛りつけられた存在と考えるのはやめにして、人間は宇宙のどこに居住空間を移したっていいと考える「宇宙人」に進化することが必要だ。ガガーリン以来、人類の宇宙進出がつづいているが、これまでは宇宙に出かけてはすぐまた地球に帰ってくる「宇宙両生類」的な活動がもっぱらだった。しかしこれからは、宇宙のすべてを自分たちのホームグラウンドと考え宇宙全域を活動の場とする本格宇宙人に進化する必要がある。

これが「人類よ、宇宙人になれ」の骨子だが、これを読んだ子供たちの間で必ずいろんな議論がまき起り、賛否両論が出てくる。賛成派の子供たちと反対派の子供たちで大論争をするなど、いろんな授業展開の仕方がある。かつてそういう面白い授業の実例を東京都文京区の根津小学校でTV番組にしたことがある。今回は地震で大被害を受けた東北の子供たちに、大きな夢を与えようということで、東北大と協力の上、仙台市立富沢小学校を選び、JAXA全面協力で人類の宇宙活動の現状と将来の知識を広く与えた上で、さらに深めた議論を展開した。テーマは人類と宇宙との関係の将来構想だ。JAXAのいろんな研究者、技術者の解説があり、宇宙飛行士の若田光一さんとのテレビ電話を通しての対話なども あった。二年後に飛ぶ予定の「はやぶさ2」のプロジェクトマネージャーの計画説明もあった。

私もこれまでに、テレビ電話利用の授業参加を一回、直接富沢小に行っての予備的セッションを一回やっている。その過程で、最近話題の系外惑星の連続発見（いまや三千以上）の話などをしている。その時点で子供たちの意見発表を聞かせてもらった上で、いろんな示唆を与えた。発表内容（子供たちの宇宙認識）と現実との間に相当のズレがあったので、それをただした。さまざまの宇宙進出プランが出たが、単なる思いつきが多かったので、時間軸にそって整理（それを五十〜百年くらいに実現するのか、千年先か、それとも万年、億年先か）するように示唆した。さらにどんな計画にも、ヒト、モノ、カネの三要素が必ず必要になるから、その点を検討しないと、ただの夢物語になってしまうと注意した。

そういうやりとりを経て、今回は子供たちが幾つかのチームにわかれて、それぞれの考えをまとめたものを発表しあう。それに、川口先生と私がコメントを付け、さらに討論を展開するという運びだった。子供たちは、川口先生に会う準備として、公開されたばかりの「はやぶさ」の映画をみんなで見ていた。

当日は、丸一日かけて、いろんな議論をしたので、その内容はとても紹介しきれないから（三月末にテレビでダイジェストが流される）、ここでは全体的な感想だけを述べておく。

前々からここの子供たちが驚くほどよくネットを利用しての調べ学習をすることに感心していた。その上で展開される子供同士のディベートもなかなかのものだった。エッ、小学生がこんな議論をと驚くことも多かった。

私はいまの日本の大人の世代には、だいぶ前から絶望している。このままいくと、日本は遠からず国がもう一度滅びるような目に遭うにちがいないと思っている。しかし、彼らと話をして、そのあとを受け継ぐ子供たちの世代には、かなり期待できると思ってこういった。

「これから五十年たったら、いまの大人たちはみんな死んでいる。僕も川口先生も、学校の先生も、日本の総理大臣も含めて、全員死んでいる。だけどきみたちはほとんどの人が生き残っていて、新しい時代の社会の担い手になっている。五十年後の日本をどうするかを決めるのは、みんなきみたちの世代なんだ」

渡辺謙主演の「はやぶさ　遥かなる帰還」の大きなテーマは、世代交代である。ラストシーン近くで、「はやぶさ」の部品を作る工場のオヤジ（山﨑努）が、「はやぶさ」帰還の現地取材に出かける娘の新聞記者・真理（夏川結衣）に次のようにいうくだりがある。

「自分の目でしっかり見て、（孫の）拓哉に教えてやれ、〝はやぶさ〟の最期を。拓哉が大きくなったら、また誰かに話す……順繰りだ」

この場面、実に印象的で、それに重なるように、研究者の世界でも、技術者の世界でも、次々に世代交代が進んでいくさまが描かれていく。実際、この「はやぶさ」計画にしても、プロジェクトがスタートしてから二十年がかりだった。あらゆる巨大科学の世界が、何十年がかりの仕事だから世代交代を何度も重ねながら進んでいく。

富沢小学校で、いまはまだ夢物語にすぎないようなことを真剣な表情であぁでもないこうでもないと議論を積み重ねていく子供たち（十二歳だから映画の中の孫の拓哉とほとんど同じ年齢）の姿を見ていると、本当に「順繰りだ」と思う。

川口先生が、地球に帰還したあと大気圏で燃えつきた「はやぶさ」の話をして、近い将来大気圏外のラグランジュポイントに巨大な「深宇宙港」を作り、帰還した探査機はそこで荷降ろしをするとまた宇宙に飛びたっていく「太陽系大航海時代」が来るんだよという話をすると、子供たちが目を輝かせて聞き入っている。その輝きを見ながら、いま子供たちの脳の中で、真新しいシナプスが次々に生まれているのだと思った。

東大大学院の河西春郎教授のところで、二光子顕微鏡を用いて、脳細胞に新しいシナプス（のスパイン部）が刻一刻生まれたり消えたりするのをリアルタイムで目のあたりにしたときの驚きを思い出した。ネズミの脳の実験から推論するに、人間の脳は十テラバイトの記憶容量を持ち、それはシナプスのスパイン部にたくわえられている。毎日その一％が書きかわっていく。脳が新鮮な刺激を受けるたびに、本当にスパインが生まれたり消えたり、ふくれあがったりちぢんだりする。そのさまがリアルに見えるのだ。目が輝くような体験をすると脳は刻一刻成長するのだ。

世代交代はいつのまにかどんどん進む。子供はあっという間に大人になり、社会の担い手になっていく。震災で日本国が滅んだわけではない、と仙台でつくづく思った。たとえこの先日本国が大破綻する時代を迎えたとしても、その先で日本を再興してくれる世代がすでに育ちつつあると思った。みんな順繰りなのだ。

＊この授業の全体像については、後に立花隆・岩田陽子『立花隆の「宇宙教室」』（日本実業出版社）に再録。

太陽の謎

国立天文台の常田佐久教授の「新しい太陽像」と題する講話を聞いて驚いた。

近年、環境問題というと、地球温暖化の危機がもっぱらの話題だったが、太陽活動の観測をずっと続けてきた立場からいうと、いま本当に危惧されるのは、むしろ、地球寒冷化の危機だという。

常田教授は、国立天文台の教授であるとともに、JAXAの「ひので」プロジェクトのリーダーでもある。「ひので」は、二〇〇六年から飛んでいる日本の太陽観測衛星。すでに五年も飛びつづけているが、飛びはじめから大発見の連続で、世界でもっとも成果を上げつづける太陽観測衛星だ。何しろ五年間で二十二カ国から五百二十篇の査読論文を生み出し（データは世界中に即時公開）、いまもそのハイペースは衰えていない。「ひので」以前と以後では太陽の見方が一変し、世界中の教科書が書き直された。

なぜそれほどの大発見を連続して行えたのか。搭載する三台の望遠鏡が際だったすぐれものだからだ。特筆すべきは、可視光・磁場望遠鏡（SOT）。まずその〇・二〜〇・三秒角という超高分解能がすごい。これはハッブル望遠鏡の分解能に匹敵する。もっとすごいのが、磁場を見せる力。本来、磁力線、磁場は、目では見えない。ところがこの望遠鏡はゼーマン効果で生まれる偏光を利用して、磁場の微細な動きを目で見てわかるようにしてしまったのだ。これは画期的なことだった。なぜなら太陽で起きているほとんどの現象が実は磁場・磁力線の作用で起きているからだ。原理そのものは前から知られており、地上からの観測でも用いられている。しかし地上からだと大気のゆらぎで、画像がボケ、磁力線の働きが鮮明にわからない。それが「ひので」からだと全くボケず、しかも超高分解能。太陽上のあらゆる現象が磁場的現象として解析できるようになった。「ひので」以前の太陽観測は、目が悪い人が眼鏡なしでものを見るのに等しい行為だったが、いまや度がピシリ合った眼鏡であらゆるものがクッキリスッキリ見えているのに等しい。これが、「ひので」が次から次に大発見をしつづけることができた最大の理由だ。NASAもこのような高解像度の太陽専用大型望遠鏡を開発しようと何十年も研究したが、強烈な太陽熱に負けて安定した架台を作れずついに失敗した。二十年遅れで追いかけた日本は、熱膨張ほとんどゼロの炭素繊維複合材料で熱問題をクリア。一ミクロンも狂わない架台を作りあげることで、驚くべき高解像力を実現した。かつて世界最高といわれた欧州のSOHO衛星（分解能二秒角。「ひので」の十分の一）が撮ったボケボケ写真と、「ひので」の鮮明写真をくらべると一目瞭然。大発見の連続が当然とわかる。

太陽はエネルギーのかたまりだが、それは磁力線の中に蓄えられている。磁力線はゴム紐のようなもので、これを引っ張ったりねじったりすると、そこにエネルギーが貯められる。ねじりが限界に達してバチンと磁力線が切れたり、リコネクションという磁力線の劇的つなぎ換え現象が起きたりすると、エネルギーが一挙に解放されて放出される。それが太陽表面でしょっちゅう起きている爆発現象（フレアなど）のもとだ。その過程も「ひので」が次々に明きらかにした。

「ひので」がもうひとつ明きらかにしたことは、黒点の正体である。黒点は太陽表面に散在する黒いしみのような点で、そこだけ温度がちょっと低い。黒点とは何かをめぐって大昔から大変な議論がつづいてきたが、それは結局太陽内部から外部に突き出た巨大な磁力線の柱の断面のようなものだった。磁力線そのものが見えないから、断面が黒く見えていただけなのだ。そこは太陽の中でも、ひときわ磁場が強く一〇〇〇～四〇〇〇ガウスある。

これは地球の磁場（東京付近で〇・五ガウス）の数千倍以上だ。「ひので」は黒点が生まれてから消滅するまでの全過程を詳細に観察して数々の発見をなしとげた。そして、黒点が太陽活動のいちばんのメルクマールになることを示した。

その黒点の数がいまとんでもなく異常になっている。〇八年から〇九年にかけて、黒点がほとんどゼロの時代が二年間もつづいた。こんなことは二百年来なかったことだ。黒点は、ガリレオ・ガリレイ以来、四百年近くも詳細な記録が残されている。十一年周期で増えたり減ったりすることが昔からわかっている。しかしここにきて、その周期が十二・六年に伸びてしまった。こんなことは、一八〇〇年頃の小氷期といわれたダルトン極小期以来なかったことだ。周期がさらに伸びて、十三年とか十四年になったりしたら、四百年前のマウンダー極小期と呼ばれる小氷期の再来（ロンドンのテムズ川が凍結した）になりかねない。

周期の伸び以上におかしいのが、磁極反転の狂い。従来、十一年周期で、太陽の磁極がキチンと反転していたのに、北極と南極で、反転のタイミングがズレはじめたのだ（北極は十一年周期で反転し、南極は十二・六年周期で反転）。このままいくと、太陽は磁力線が南のプラス極から出て北のマイナス極に入る二重極構造から、プラス極が北極にも南極にもあり、マイナス極が南北の中緯度地帯にできる四重極構造になるだろうという。

太陽の基本構造になにか重大な異変が生じていることだけは確かなようだ。世界の太陽観測を中心的に担っている日米欧三極の観測機関が、近く共同記者会見を開き、この異変を公表するという。しばらく前から黒点が再び出現しはじめ太陽は活動性を回復しつつあるものの、活性度のレベルは低い。太陽の活動レベルが低くなると、地球の気温は低下する方向に向かう。

太陽の放出するエネルギー（熱、光）が低くなるからそうなるのではなく（放出エネルギーの減少はわずかなもの）、太陽磁場が弱くなる結果、太陽磁場で妨げられてきた宇宙線がより強く地球に降りそそぐようになり、それが雲の核を作るからだということが最近の研究でわかってきた。ＣＥＲＮ（欧州原子核研究機構）の超巨大加速器で実験したら、本当にその理論通りのことが起るとわかった（「ネイチャー」二〇一一年八月二十五日号）。

この実験結果には異論もあり、これから太陽活動が一層低下し、小氷期の再現のようなことが本当に起きるのか、それとも活性を取り戻し正常化していくのかは、まだ確証がつかめていない。しかし、小氷期に対する備えが必要なことだけは確かだ。気候の歴史から見えてくることは「小氷河時代は気候が不規則に急変した時代」だったということだ。

「厳冬と東風がつづいたかと思うと、ふいに春から初夏にかけて豪雨が降り、暖冬が訪れ、大西洋でしばしば嵐が起こる時代に変わる。あるいは旱魃がつづき、弱い北東風が吹き、夏の熱波で穀類の畑が焼けつくようになる」。

その時代を描いたブライアン・フェイガン『歴史を変えた気候大変動』を読んでいると、これはいまの時代そっくりだと思えてくる。

要するに、これまでの固定観念にとらわれていては、全く対処できないような時代がこれからつづくということだ。これからしばらくは気候的には何でもありの時代になる可能性が強い。バカの一つ覚えのように、地球温暖化の危機を叫ぶばかりではいけない。そして、まだまだ太陽に残る大きな謎（磁気周期の狂い以外にも沢山ある）を解くために、さらに観測を強化する必要がある。二〇一八〜一九年打上げ予定の日本の次世代太陽観測衛星「ＳＯＬＡＲ―Ｃ」に世界の期待が集まっている。

II　革命の世紀

幻の都市

昔から上野周辺を生活圏としてきたせいか、桜が満開に近づくと、早く花見に行かねばと、お尻がむずむずしてくる。若い頃は各社の花見好きと語らって、上野公園で場所取り買い出しまでして相当派手にやった。

あの公園の花見は夜遅くなると、照明が消され、もう帰れと警察がマイクでガナリたてるのが不愉快だ。

そこであるとき、いつどこでどのように花見をしようと本来勝手なはずと、工事現場用の簡易発電機をもちこんで、皆が帰ったあとの公園で裸電球をつけて、延々酒盛りをつづけたこともある。

年をとったらそれだけの元気もないので、最近は小石川の事務所近くのいい桜を静かに見てまわる程度だ。

事務所近辺でいちばんいい桜は、伝通院境内の、「歴代上人墓所」。開祖の了誉上人以来二十九基の上人の墓がズラリとならぶ（これがなんともいえない風情）一画が実に見事な小さな桜並木となっている。墓所とあって、酒を飲んでドンチャン騒ぎをする人など一人もいない。都心部なのにウソのように静かな、知る人ぞ知る桜の名所だ。

伝通院は徳川家康の生母於大の方の墓がある菩提寺で、於大の法名が「伝通院」であるところから、こう呼ばれている。於大の方だけでなく、この寺には、徳川ゆかりの女性たちが数多く眠っている。

最も有名なのが家康の孫娘、千姫。わずか七歳のときに、人質的政略結婚として、家康の命により秀吉の息子、秀頼（当時十一歳）と結婚させられた。十二年後、大坂夏の陣に際し、落城寸前、「助け出す者あらば誰であろうと嫁にとらす」の家康の言を信じて、猛火の中に駆け込んだのが坂崎出羽守。

出羽守はその救出劇で顔面に見るも無残な大火傷を負った。そのためか、千姫は出羽守を嫌い、ふり向いてもくれない。それどころか、美男で名高い桑名藩主の息子本多平八郎（忠刻）とさっさと結婚しようとした。怒った出羽守は千姫の輿入れの行列に乱入して姫を奪おうとしたが、それも果たさず、自害したといわれる。

これは九〇%史実。芝居、小説などでは多少の尾ひれがつく。

この他、沢山の徳川ゆかりの女性の立派な墓があるが、それもみな桜に囲まれている。なかでビックリしたのが、家康の側室、於奈津の方の墓があったこと。

家康は十五人の側室を持ったといわれるが、立派な墓があるのは彼女だけ。側室でも嫡男を産めば、その生母として墓もできたが、於奈津の方は、子供を産んでいない。不思議に思って調べるとこの女性大変な人物。

徳川家出入りの豪商の紹介で、はじめ二条城の女中としてあがるが、家康入浴中に潜入してきた刺客を取りおさえた功で、側室にとりたてられた。武勇にすぐれ、男装して家康の影武者をつとめたこともある。家康の信きわめてあつく、知力にもすぐれ計数に明かるかったため、やがて家康の金庫番をつとめるようになった。田中角栄における佐藤昭のような存在だったらしい。四百万両が入った金蔵の鍵をあずけられ、特別の扶持として年五百石をもらっていたという(現代の貨幣価値で五千万円ほど)。家康が七十五歳で死去したとき三十六歳。以後も江戸城三の丸にあって家光を補佐し、八十歳まで奥の院の重鎮として君臨した。側室だったから墓の格式はちょっと落ちるが立派な墓だ。

近くで、もう一カ所花見におもむいたのが、茗荷谷駅近くの桜の名所、播磨坂(通称桜並木)。ここは東京でいちばん不思議な都市空間で、かつて「環三通り」と正式に呼称されていた。東京はきちんとした都市計画がないようで、実はペーパープランとしてはしっかりある。主要道路は放射線と環状線でパリ風に構成されることになっていた。環状線はいまも一号から八号までキチンとある。外側からいくと、環状八号の#環八《かんぱち》。環状七号の#環七《かんなな》。環状六号が通称山手通り、環状五号と環状四号の一部が連結されて通称明治通り。これくらいは知っている人が多いだろう。環状一号が内堀通り、環状二号が外堀通りであることもよく知られている。しかし環状三号だけは、計画線はあるもののいたるところブツブツで、実際に環状につながっている部分はほとんどない。ブツブツの部分は全部地域ごとにちがう通称名で呼ばれており、それが環状三号線の一部であることすら知らない人がほとんどという状態がもう八十年以上もつづいている。何しろ環状線計画は、関東大震災の震災復興計画の一部としてスタート。それが完成しないうちに東京大空襲で東京は焼け野原になった。敗戦後の戦災復興計画に、環状線計画はそのまま引きつがれた。しかしその後、アンチ都市計画派として名高い安井誠一郎が都知事に就任。「後世都市計画をつぶした都知事として非難されるだろうが、それは覚悟の上」と公然と発言。戦後の都市計画をほとんど握りつぶした。その象徴のような道路が、ズタズタの環状三号線なのである。

日本の都市計画の第一人者として今日にいたるも最も評価が高いのは、一九三〇年代から東京都の都市計画の責任者になり、戦後の戦災復興計画を一手に引き受けた石川栄耀（当時東京都都市計画課長）。彼の基本計画は、安井の手でどんどんつぶされていったが、都内の主要盛り場にはかなりその骨格が残っている（新宿歌舞伎町、麻布十番など）。彼のプラン通りの街路がそのまま実現したのが、この孤立した桜並木なのである。

この通りは起点も終点もせき止められた状態で、ここだけパリのブールヴァール（大通り）を切断してはめ込んだような立派な大歩道付きの西洋風並木道になっている。本来この通りの延長が、美しい幅広の並木道と小公園を含んだブールヴァールとして東京をグルリと取り囲む環三通りになるはずだったのである。

そう知ると、そこで花見をしながら、もし石川栄耀のプランが本当に実現していたらと思わずにはいられない。東京のぐるりがこの桜並木のようなブールヴァールでグルッととりかこまれていたはずなのである。そしたら、東京はどれほどモダンで美しい都市になっていただろう。

いま東日本大震災の震災復興計画は遅々として進まず、震災後一年たつというのに、ペーパープランすら策定できないまま各地で迷走をつづけている。このままいくと、東北でも、東京で震災復興計画も戦災復興計画も破綻して、残ったのは、ズタズタの環状三号線だけみたいなことが起きるのではないかと心配だ。

都市計画はすべて百年単位の時間軸で評価されることになるのだから、安井都知事の末裔のような、人格も識見もない政治屋の手にだけはゆだねないようにとお願いしておきたい。

巨大地震の謎に迫る

宮城県沖二百キロメートルの地点までヘリコプターで飛んで、世界一の深海掘削船「ちきゅう」に乗りこんできた。そこはあの東日本大震災の震源の真上だ。震源を掘って、あの震災と津波の謎を解きあかそうとしている。

「ちきゅう」の持ち主、海洋研究開発機構（JAMSTEC）は、前からあの海域の大地震を研究してきた。地震の直後に調査船を入れて海底を再調査すると、とんでもないことが起きていた。海底地形が一変し、日本海溝付近で、海溝に落ちこむ急峻な崖の部分が、東南東に五十メートルも移動した上、そのあたりが十メートルも隆起していた。地震でその隆起が一瞬にして起り、それが上の海水塊を跳ね上げ、あの大津波を起したと考えられる。釜石沖八十キロメートルの海底に設置されていたケーブル津波計が、地震発生十三分後に、ピクンと海面が一挙に五メートルも盛りあがる波形をとらえていた。その波がそのまま海岸に押しよせると、三十メートル超えの大津波になることがシミュレーション上明らかだった。実際、その通りのことが起きた。そのピクンの発生源がこれだった。

日本海溝は、約二億年もかけて太平洋を渡ってきた海のプレートが、日本列島をのせている陸のプレートの下にもぐりこみはじめる部分である。その崖っぷちのところで、逆に陸のプレートが海溝ギリギリまで五十メートルもすべり、しかも十メートルも隆起するという誰も考えもしなかったことが起きたのだ。

日本海溝は、「逆さヒマラヤ山脈」みたいなもので、八千メートル級の深い深い溝がつづいている。「ちきゅう」はその巨大すべりを起した陸側の崖の途中をいま掘っている。仙台空港のヘリ基地（関係者以外立ち入れない）に海底の3D地形図が展示されている。3D眼鏡でそれを見たとき、あの大津波が納得できた。海底でヒマラヤ山脈が五十メートルも横移動するようなことが起きていたのだ。巨大な水塊が動いて大津波を起こして当然だ、と一見して納得した。

「なぜ堅固な岩盤が五十メートルも動けたのか。すべりのメカニズムは何だったのか。岩盤の間に薄い粘土層があってそこがすべったという考え方もある。超臨界状態の水が岩盤の間に入りこみ、普通では起きえない現象（岩盤破壊）を起したのかもしれない。真相を突き止めるためには、すべりを起した断層そのものを入手して、何が起きたのか物質的に同定することが急務なんです」

と、平朝彦・海洋研究開発機構理事長が掘削の目的を説明する。

巨大地震には、震源断層の巨大すべりがつきものだ。地震直後（二年以内）ならその断層を掘り当てて計測すれば、すべりの摩擦係数、スピード、発熱など地震のメカニズム解明の鍵になるデータが得られる。とあって、世界十カ国二十八人の学者が参加しての国際緊急震源掘削計画がはじまっているのだ。

しかし、目的の場所は水面下八千メートルの日本海溝の斜面。深海掘削の技術的限界ギリギリの挑戦だ。昼夜兼行で掘削がつづき、すべりを起した粘土層らしきところまでたどりついたところで、世界最深掘削記録達成（七千七百四十メートル）になった。

実は「ちきゅう」の最初からの建造目的の一つが、南海・東南海地震の解明にあった。その震源と目される南海トラフの掘削調査を狙った。その掘削を〇七年から四年間行ったところ、熊野灘の海底でもかつて巨大すべりとそれによる大津波が起きていたことがわかった。次もう一度起きたらM9クラスの大地震と巨大津波になりかねないとわかり、いま西日本一帯で大地震大津波対策の一斉見直しがはじまっている。見直しの根拠の一つに、巨大すべり時には地震の震源断層の温度が四百℃まで上がり摩擦係数がほとんどゼロ（岩盤がズルズルとすべる）になっていたというウソのような話がある。

「ちきゅう」のどまん中に高さ百二十メートルの巨大な櫓がそびえ立つ。櫓には千二百トンの荷重に耐える巨大なウインチがあって、一本約十メートルの高張力鋼でできたパイプを八百本近くつないだものを海中にぶら下げている。先端には人工ダイヤモンドを焼結したドリルビットがついている。それが海底に着くとこれを船上にある巨大モーター（トップドライブ）で回転させて掘削していく。

掘り進むにつれて、掘削部全体がより深く入ってゆくから、新しいパイプを次々につないでゆく必要がある。パイプの末端はネジが切られていて、ネジとねじ穴の原理でつながれている。専用の巨大なネジ締めロボットや、パイプ自動移動システムがあって、ひっきりなしにパイプつなぎとパイプの移動をやっている。十メートル進むごとに、古いパイプを外して新しいパイプをつなぐ。百メートルで十本。千メートルで百本。ここまでに約八百本。この先さらに数十本から、必要に応じて数百本のパイプをつないでゆく。船上は四六時中パイプのぶつかる音で驚くほどうるさい。システムはほとんどコンピュータ制御された自動システムになっていて、人間の肉体労働はきわめて少い。掘削中は、「ちきゅう」

の船体が厳密に掘削点の真上に停まりつづけなければならないが、「ちきゅう」にはコンピュータで自動制御された六つの推進器があって、DPS（ダイナミックポジショニングシステム）で場所さえ指定しておけば、風が吹こうが波が来ようが、必ず定点にとどまる仕掛けになっている。「ちきゅう」の甲板の一隅に、「ドリラーズハウス」と呼ばれる小屋がある。そこに、「サイバーチェア」と呼ばれる船内全ロボットシステムのオペレータ（ドリラー）の操縦席がある。ドリラーの手元にはiPadのようなモニターがあって、そこに全システムのCCTV五十画面とあらゆるデータを随時呼びだすことができる。手元にはもう一つジョイスティックがあって、それを動かすと、切り替えであらゆる制御装置の可動部分（現実には驚くほどの重量物）がいともやすやすと自由に動く。

要するに、「ちきゅう」は全体が巨大ロボット装置なのだ。オペレータはサイバーチェアに座ったままで、さながらTVゲームでもやるかのように、全システムを動かしている。「ここはまるで、ガンダムの操縦席みたいですね！」といったら、「そう思うでしょう。みんなにそういわれます」とオペレータ。

先日、東京スカイツリーが完成した日、その組立の中心になったタワークレーンのコントロール・ルームの紹介で、やはり「ガンダムの操縦席」という表現があった。そしてオペレータの手元にあったのは、ここと同じようにCCTVの切り替えモニターと、制御装置を動かすジョイスティックだった。

結局、現在の巨大システムの操縦席はみんな同じ原理なのだ。基本はCCTVとジョイスティック。要するに、眼と手なのだ。感覚神経から情報を仕入れて、運動神経から外界操作情報を出す。大切なのは操縦者に時々刻々適切な指令を下す技術陣の集団脳と科学者グループの集団脳。「ちきゅう」は最高の頭脳集団が動かす超巨大ロボット。スカイツリーの十数倍の超巨大構造物が震源を掘る。

平さんは、今回の地震で痛感したことは、我々がまだどれほど地震のことを知らなかったか、ひいては地球のことを知らなかったかだという。今回こんな巨大すべりがあったことはわかったが、ではそのすべりが百メートルの厚さで起きたのか、それとも一センチの厚さで起きたのかがわからない。「これまでの地震学でも心臓が病んだときに聴診器で心臓の鼓動を聞くようなことはしてきた。しかし、心臓にメスを入れたり、心臓の細胞を取り出して調べたりは一度もしていない。今回我々がはじめてそれをやろうとしている。これから地震学に革命が起きますよ。これまでの地震モデルは細かな観測にもとづく、小さい領域の話ばかりだった。森でいうと、一本一本の木の話をしていた。しかし、今回の地震はドーンと森全体が動いた。何千本という木が一挙に倒れるようなことが起きた。これまでは、『点と線の地震学』しかなかったが、今回『面の地震学』が必要だとわかった」という。スケールの大きな話に圧倒された。

ベトナムの真実

最近あちこちでよく見るＤＶＤの安売りコーナー。平均価格五百円だからハリウッドのメジャーカンパニーが作る新作物はないが、いろんな国のいろんな映画会社が作る聞いたこともない作品が沢山ならんでいて、玉石混淆の面白さがある。

先ごろそういう店で入手したのが、「ベトナム激戦史１９６７　攻防ケサン基地」。「アメリカが決して語らないベトナムの真実」とある。これはベトナムが北ベトナムの立場から作った二〇〇五年の作品。スタッフもキャストもベトナム人の名前がズラリ。ストーリーは「ベトナム戦争で、米軍はラオス国境近くのケサン基地を拠点に、北ベトナムの南下を阻止しようとする。いっぽう、大動脈ホーチミン・ルートを死守しなければならない北ベトナムは、ケサン包囲を計画」して死闘を繰り広げたという実話を背景にしたドラマ。

買い求めて見てみると、ハリウッドの戦争映画のようにうまくはないが、結構ちゃんとできていた。
歴史をふり返ると、結局ケサン攻防戦が、ベトナム戦争の帰趨を決めたとわかる。米軍・南ベ軍は七十七日間がんばったが、二万余の北ベトナム軍に押しまくられ最終的に基地を放棄した。大動脈のホーチミン・ルートは生きつづけ、ベトナム全土に物資を補給しつづけた。翌一九六八年、ベトナム全土でベトコン・北ベトナム軍が総反攻に出るテト攻勢がはじまる。主要都市主要基地に一斉総攻撃。サイゴンでは決死隊が米大使館、放送局を六時間にわたって占拠したあと壮絶な自爆死。全過程がテレビで放送され、どんなに物量と兵力を投入してもベトコン・北ベトナム軍には勝てないという空気が全米に広がった。

ベトナム戦争では、北ベトナムとベトコンは米軍・南ベ軍の犠牲者の何倍もの犠牲者を出しつづけた。二倍三倍どころか、六八年以後六倍以上になりベトナム戦争終了までに犠牲者は百万人をこえた（米軍は五・七万、南ベ軍は二十万人）。どんなに犠牲者を出してもさらに攻撃をつづける北側の粘りに、米軍は最終的に音をあげざるをえなかったというのが、乱暴にまとめたベトナム戦争全体の構図である。

いま集英社から刊行がつづいている戦争文学全集「コレクション　戦争と文学全20巻」

がちょうど半分までできている。その十一回配本が『ベトナム戦争』(全集第二巻)だった。そこにおさめられている村上龍『地獄の黙示録』は、実に印象深い一行で終っている。「私達はベトナム戦争について、何も知らない」。

この映画を見てつくづく感じたのは、そのことだった。我々日本人はなんとなくあのベトナム戦争についていろんなことを知ってるつもりになっているが、本当のところ、何を知っているのだろう。

結局、ベトナム戦争を知っているというとき、日本人の頭の中に浮かぶイメージは、ハリウッド映画の中のベトナム戦争と、当時のニュース映像だ。それは基本的にほぼ全てが西側のニュースメディア(日本のメディアを含む)の報道だった。そこでは北ベトナム側は終始見えない世界だった。

このベトナム映画は、あの戦争を北ベトナムがどう戦っていたか、戦場での戦いっぷりから、軍内部の人間関係、銃後の民衆の生活まで含めて、はじめてあの戦争を北側から見せてくれる。

ストーリーは、北ベトナムの郵便兵の物語。ケサンの最前線で戦う兵士たちに郵便物を届ける過程でいろんな事件が起きる。驚いたのは、最前線で死にかけている兵士に届いた家族からの手紙。「今日は長男の四歳の誕生日だけど、あなたはこの子が生まれる前に出征してしまったから、この子の顔をまだ見ていない」。北ベトナム軍には出征したまま四年も戦地から帰れない兵がザラにいたのだ。逆算すると、六四年には出征していたことになる。北ベトナム正規軍がベトナム戦争に本格的に入ってきたのは六六年頃からと従来考えられていたが、もっとずっと前から彼らは組織的に入っていたのだ。

ベトナム戦争が終ってずっとしてから、マクナマラ元国防長官が中心になって、アメリカ側、ベトナム側双方の国家指導者と軍の指導者たちを多数集めて、お互いどこでどのような誤解、誤算をして、あのバカげた戦争をはじめたのか、何日もかけて徹底的に議論しあった。その結果は驚くべき大冊の本（『果てしなき論争　ベトナム戦争の悲劇を繰り返さないために』共同通信社）になっているが、そこで明かされた秘話の一つが、北ベトナムがどれほど周到な準備の上にあの戦争をはじめたかだった。六三年に入るとすぐ（トンキン湾事件、北爆開始の一年前）母親と幼児は田舎に疎開させられ、都市部は全域で防空壕を整備し、臨戦態勢をととのえた。北から南への物資と人員の輸送ルートも、いわゆるホーチミン・ルート一本ではなく、全体で六本のルートからなる複合輸送路（なんと一部は中国軍の工兵隊が作った）になっていて、輸送が途絶えたことは一度もなかった。先の映画でも、この地下輸送路の絶えざる物資と人の流れが描かれている。

この本の他にも、結局のところ、あのベトナム戦争は何だったのだろうと、いろんな本を読んでみたが、読めば読むほど訳がわからなくなる。

それというのも、あのベトナム戦争をめぐっては、いまだに謎の部分が多すぎるからだ。アメリカにとっては、あれは史上最悪の戦争だった。五万七千人もの犠牲者を出しながら、得るところが何もなかった。

アメリカの現代社会をむしばむ、諸悪の根源は、ほとんどがベトナム戦争起源だ。戦費がかかりすぎて、経済が破綻し、ドル価値の下落過程がはじまったのもそうなら、社会の各層に麻薬が浸透し、アメリカの社会全体が麻薬づけになってしまったのも、ベトナム戦争以来だ。

ベトナム戦争を契機にアメリカは、あらゆる意味で自信喪失国になってしまった。

ベトナム戦争が終って、もう三十七年になる。アメリカでは、若い世代の間で、「ベトナム戦争で勝ったのはアメリカ軍」と信じこんでいる人々が多数出ている（日本でも調べたら多分同じ）ことが憂慮されている。昭和史家の半藤一利さんに会ったら、ある女子大で講演を頼まれて、「昔、日本はアメリカと戦争をしたことがあったんだよ」といったら、

「エーッ」と驚きの声があがり、学生の一人が、「それで、どっちが勝ったんですか？」と質問したという。戦後何十年もたつと、大真面目にそういう質問をする世代がアメリカでも日本でも本当に生まれてくる。

ベトナム戦争は、アメリカが歴史上こうむった最大の敗北である。一時は五十万人をこえる兵を派遣して、歴史上最大量の爆弾を落しつづけ、歴史上最大の殺戮をやりつづけながら、最後は敗北して一兵残らず引き揚げた（七五年四月二十九日）。翌四月三十日には解放軍がサイゴンに入城した。

しかし、ハリウッドのベトナム戦争映画の刷り込みを受けてしまうと、アメリカ軍と北ベトナム軍のあまりの戦力差から、とうていアメリカ軍が敗北したとは思えない。

私も実は「攻防ケサン基地」を見るまでは、なぜベトナムが勝てたのかがよくわからなかった。社会主義国家ベトナムでは、客観的資料にもとづいて歴史を検証するということがほとんど行われていないから、実はそのあたりがいまだに明きらかにされていない。しかし多分、あの戦争も、他のすべての戦争と同じように、兵站が決め手になったのだ。北ベトナム軍とベトコンは、すみずみまで張りめぐらした兵站線に乗って粘りの闘いをつづけ、アメリカはついにその地下兵站線ネットワークを破壊できなかった。そしていまや各地で地下ネットワークの一部が公開され、戦争博物館として観光資源になっているという。私もいつか行って見てみたい。

大丸有と巨神兵

丸の内の三菱一号館美術館に「バーン＝ジョーンズ展」を見に行った。バーン・ジョーンズは、私が十九歳の頃、ロンドンのテイト・ギャラリーで衝撃的に出会って以来大好きになった画家だ。ほぼ全作品を知っているつもりだったのに、未見の絵が幾つもあった。なかで驚いたのが、アーサー王の死の場面を描いた大作「アヴァロンにおけるアーサー王の眠り」。この絵を所蔵しているのが、郡山市立美術館であることにもっと驚いた。日本はいつのまにか、地方の中都市がこんな絵を所蔵するくらいの文化国家になっていたのだ。

それより面白かったのが、この美術館で同時に開かれていた「赤煉瓦建築と地域づくり展」。三菱一号館は、明治二十七年、日本で最初に作られた赤煉瓦の洋風オフィスビルだ。ここから丸の内のオフィス街がはじまった。一号館のあと次々に同じスタイルの赤レンガが立ちならび、この辺は一丁倫敦《ロンドン》と呼ばれた。その後赤レンガは鉄筋コンクリートになり、高さも三十一メートルになった。同じ高さのビルがお堀ばたに沿ってズラリとならぶ（百尺規制）独特の都市景観が維持されたのは、あの地区のビルの家主が全部三菱地所だったからだ。

もともとあの地域は江戸時代大名屋敷がならんでいた。明治維新後、陸軍の用地となり、師団司令部、歩兵第三連隊、練兵場などが置かれた。明治二十年代、それらの施設を麻布、赤坂に移転させるべく、用地を競売にかけた。しかし当時経済恐慌で買い手がつかない。そのニュースが小さく新聞に報じられたのを、ロンドン出張中の三菱の大番頭荘田平五郎が読んだ。ロンドンのオフィス街をうらやんだ荘田は「スミヤカニ買イ取ラルベシ」と社長の岩崎弥之助に打電した。岩崎は高いと思ったが（軍の売値は時価の数倍）、百二十八万円でこれを全部買った。そんなダダッ広い野原をどうすると問われた弥之助は「ナニ竹でも植えて虎でも飼うさ」と答えた。

三菱一号館が建つまで、この辺は本当にただの野原だった。渋沢栄一などが、共同購入をもちかけたこともあるが、弥之助は、一括購入して好きなように使うと、約十万坪を一挙に買った。この一括購入あったが故に、三菱地所は、この地区に三十棟以上のビルを所有し、貸ビル賃貸料だけで、年間約千九百七十億円の収益を叩き出している。

いまこの丸の内オフィス街が大変貌をとげつつある。東京駅周辺の一大再開発が進行中なのだ。三菱地所はこの辺のビルを全部建て直す壮大なプロジェクトを進めている。実は三菱一号館の復元も、このプロジェクトの一部。三菱一号館の外に出て、美術館の背後を見ると、そこに一号館を抱きかかえるような感じで超高層ビルが立ち上がっている。これは「丸の内パークビルディング」(百五十七メートル)。かつて、このあたりに、三菱商事ビル、古河ビル、丸の内八重洲ビルの三つの有名ビルがあった。その三つを一体として再開発したのが、丸の内パークビル。古い複数のビルを合わせて一つの超高層ビルにするというのが、再開発の基本手法。

丸の内再開発は、実は平成十年にはじまり、最初の第一ステージ(十年間)で丸ビル、新丸ビルの建て替えなど六棟が建て替わった。平成二十年からはじまった第二ステージの第一弾がこの丸の内パークビルと三菱一号館の一体再開発なのである。

もっというなら、これは丸の内だけの再開発ではなく、大丸有(だいまるゆう)エリア再開発の最も重要なステップである。大丸有とは何かというと、大手町、丸の内、有楽町という東京駅周辺の三つのエリアを一体のものととらえる新しい概念。これら三つのエリアが一体となって、日本経済の中心として、また文化芸術の中心として、手を取りあって発展させていこうという新しいタイプのまちづくりがいま官民一体で（正会員六十八社）進行している。大丸有合わせると、就業人口二十三万人、四千二百事業所（うち一部上場企業本社七十五社）、上記の連結売上高百二十四兆円という一大経済文化集積地になる。

ちょっと引いた地点から大きくこの地区のスカイラインをながめ直してみると、東京はいまマンハッタン化しつつあると見えてくる。中曽根内閣のはじめの頃、東京マンハッタン化計画を唱える人々がいた。東京の建築規制をもっとゆるめて、マンハッタンのように超高層化すれば、経済が活性化すると主張した。中曽根内閣はその案を受け入れ、アーバンルネサンス計画を立てた。ビルの高度規制を容積率規制へと大転換し超高層ビルを可能にした。これが地価を高騰させバブル経済を生んだと非難されもしたが、いま進行しつつある超高層ビル中心の巨大再開発は、この大転換が道を開いたものだ。

だが、この道をどんどん進みつづけてよいのか。ひとつの危惧は、最近心配する声が多い東京直下型大地震だ。丸の内周辺は、もともと日比谷入江と呼ばれ、東京湾が入りこんでいた地域。地質調査をすると貝殻まじりの泥砂層がかなりのレベルまである。すぐ堅い岩盤にぶつかるマンハッタンとは、そもそも地質がちがう。

大地震が起きたとき、ここでも液状化現象が起きる心配はないのか。

心配なのは地層地質だけではない。もっと心配なこととして、文化、文明がゆがんだ方向に進みはじめたとき、日本の社会全体が自壊作用を起さないかということだ。

「巨神兵東京に現わる」という不思議な映画が、いま東京都現代美術館の「館長庵野秀明　特撮博物館」で上映されている（二〇一二年十月八日まで）。巨神兵とは、宮崎駿の「風の谷のナウシカ」に登場する、世界を「火の七日間」の業火で焼きつくした、巨大産業文明が発達の極限で生み出した最終兵器（人工生命体）だ。ひたすらなる世界破壊の意志をもってプロトンビームを連射する。巨神兵が東京に突然あらわれ、東京を破壊しつくす場面がすごいというので、木場公園まで行って展示を見てきた。特撮のために作られた巨大な東京のミニチュア模型の上に巨神兵があらわれる。東京の大丸有エリアはたちまち焼きつくされる。

だが、これが現実的な恐怖の対象たりうるかといえば、それはちがう。巨神兵はやっぱり荒唐無稽な存在だ。だが、再び丸の内に戻って、丸の内パークビルの裏のほうにまわりこんだとき、悪夢のようなものがよみがえってきた。このあたり前に見たことがあると思って、よくよく見ると、そこは、一九七四年に「東アジア反日武装戦線〝狼〟」のペール缶爆弾によって破壊された旧三菱重工ビルそのものだったのだ。あの日私は、あのドーンという腹の底まで響くような大爆発音を、二・四キロメートル離れた麹町の文藝春秋ビルの前で、リアルタイムで聞いた。その数時間後に、現場に駆けつけて、ガラス片が降りつもった現場を見た。あの爆発で、死者が八人も出てビルの全窓が粉々になった。しかしビルそのものは爆発に耐えていまだに生き残っているのだ（丸の内二丁目ビルという名前に変わっているが）。ビルだけではない。爆破犯の二人はまだ獄中にいるし、二人はダッカ事件などで解放されて日本赤軍として中東にいる。あの時代にはじまった自爆テロ（起源は日本赤軍のカミカゼ・アタック）は、世界中に広がりつづけている。巨神兵はリアルな存在ではないが、巨神兵あるいは巨神兵のごときモノを作ることに熱中する人々は、過去にもいたし、これからもいつづけるのだろう。大震災にはしかるべき防災の手を打って備えることができるが、巨神兵フリークにはどう対抗すればよいのか。

危険なメソッド

「ビデオドローム」「ザ・フライ」「裸のランチ」など奇怪な映像世界を作りつづけてきたカナダの鬼才、クローネンバーグ監督の「危険なメソッド」(二〇一二年十月公開)を試写で見て驚いた。ありえない幻想と空想の世界を描くことが好きなクローネンバーグ監督が、今回は二十世紀初頭のスイスとウイーンを舞台に、史実にもとづく壮大な男と女、男と男の間の愛と嫉妬と憎悪の絡み合いの物語を作り出した。何がすごいといって、描かれている史実がすごい。主人公は、フロイトとユング。二十世紀精神科学の世界を代表する二大巨人がそのまま主人公なのだ。そして描かれているのは、ちょっと怪しい町医者の医術でしかなかった精神分析が正統医学の世界で公的認知を受けるようになるプロセスそのものである。精神分析は、ウイーンの町医者フロイトが開発した当時の上流女性に多かったヒステリー症患者を救うための独特のメソッド(治療法)だった。それは、患者にひたすら自由に連想まかせの話をさせる「談話療法」。医者はときどき質問をはさむが、それは単に話の方向づけを与えるだけで、基本的には患者の話をひたすら聞く。すると、話のはしばしに患者が心のうちにかかえている闇の部分（抑圧されているため意識の表面には決して上ってこない潜在意識部分）がチラリチラリと姿をあらわす。医者は話をつなぎながら、隠された闇の部分を少しずつ表に引き出していく。やがて患者は心の奥にずっとしまいこんでいた重荷を自分から全部吐き出してしまう。それとともに、患者の重い精神神経症状も消えていく。

簡単にいうとこれが精神分析だが、問題は心の闇の奥に隠されているものが、非常にしばしば性的なもの、なかんずく幼児期の性的体験で、それが近親相姦（リアルな又は空想上の）であることも珍しくないことだった。

映画はいきなりチューリヒの有名な精神病院ブルクヘルツリ病院に若く美しいロシア娘が馬車でかつぎこまれるところからはじまる。娘は狂ったようにあばれまわり、わめき、叫び、自分は狂っていないといいはる。これが女主人公の女性患者ザビーナ（キーラ・ナイトレイ）。その演技、なかんずく顔面を歪める表情の演技は一見オーバーに見えるかもしれないが、実はこれこそ重いヒステリー症患者に特有のもの。彼女は、保存されていた病院の記録通りに演じている。この映画驚くべきことに、ちょっとしたセリフから画面に映るひとつひとつの事物、診察法、治療法にいたるまで、資料にもとづいて当時そのままを再現している。フロイト家の場面は、いまもウイーンに残るフロイトの家（現在博物館）で撮影された。ブルクヘルツリ病院も現地撮影だ。

そこに登場する担当医が若き日（二十九歳）のユング。彼は書物で知ったばかりのフロイトの精神分析（談話療法）を自分でも試みようとする。そしてたちまち彼女の心の奥底にあったヒステリーの遠因たる父親に向けられた禁断の欲動＝近親相姦的マゾヒスティックな欲求（ムチ打たれながらの性的興奮と自慰行為）を引きずり出してしまう。このあたり出来すぎた話のように思えるかもしれないが、実はすべて資料（診療報告など）に裏付けられている。ザビーナはユングの精神分析の最初の症例で最も有名な症例だから詳細な報告が残っている。彼女はユングの治療で完治するが、精神分析の魅力にとらわれて自らチューリヒ大学医学部に入り直して精神分析医になってしまう。そのため同時代の医学界で彼女は「精神分析の広告塔」と呼ばれた。その一方で彼女は、ユングと深い関係を持つようになっていた。その関係がどんどん深刻化したため、フロイトに相談をもちかけたりする。

精神分析がなぜ「危険なメソッド」と呼ばれるのかといえば、患者が医者に性にまつわる心の秘密をとことん打ち明けるような関係を保つうちに、患者と医者の間に男女の情が芽生え、「転移・逆転移」と呼ばれる患者・医者関係以上の愛憎関係が生まれることがあるからだ。それを肉体関係にまで進めてはならないとされているが、実際はそうなりがちで、ユングとザビーナの間もそうなりそれが深刻化した。映画はそこをとことん描いていく。この部分もまた、フィクションではなく資料にもとづく実話だ。

一九七七年、この一連のドラマが起きて七十年もたってから、彼女が最後に属していたジュネーブ大学の心理学研究所の地下室から、一束の書類が発見された。それを精査してみると、ザビーナとユングの間で交わされた手紙（ユングから四十六通、ザビーナから十二通）、ザビーナとフロイトの間の手紙（フロイトから二十通、ザビーナから二通）、それにザビーナの日記（一九〇九〜一二年）だった。この驚くべき資料（アルド・カロテヌート『秘密のシンメトリー』所収）の出現によって草創期の精神分析の歴史の謎が一挙に明るみに出た。

フロイトとユングは、一時期きわめて近い関係にあった（ユングはフロイトを偉大な師とあおぎ、フロイトはユングを自分の後継者とみなしていた)。二人が協力しあっていた頃、精神分析学は精神医学の世界を席巻し、国際精神分析学会もできて、ユングが会長になった(フロイトは会長以上のゴッドファーザーだった)。しかし、間もなくユングとフロイトが、基本的なものの考え方のちがいと学説上の対立から訣別することになったことはよく知られた史実である。この資料が明きらかにしたことは、二人の訣別の大きな陰の理由が、実はこのザビーナ・ユング間の愛憎問題とそれを批判的に見ていたフロイトの心情にあったということだった。ザビーナは問題解決にフロイトの助言を求めたから、三人の手紙の中にその詳細があらわれており、それは映画の細部に反映されている。ユングとフロイトの間ではかねて膨大な往復書簡が取りかわされており、それは出版もされていた。ユングとフロイトの関係については全部わかったつもりになっていた研究者たちは、この新資料の出現にみんな驚愕した。なかでも多くの人を驚かせたことは、これまでユングの第一症例患者にすぎないと軽く見られていたザビーナが、実はフロイトからもユングからも高く評価されていた女性精神分析学者で、二人とも彼女から受けた精神的影響が少なくなかったということだった。

これらの資料の中で私が注目したのは、フロイトが最晩年にたどりついたとされる、人間の最も基本的な欲動として、エロス（性の欲動）とタナトス（死の欲動）があるとする説についてだった。これは、人間の基本的欲動として自己保存欲動と性の欲動（リビドー）しかあげてこなかったフロイトが最後にたどりついた新境地として注目されていた。ところが、この理論が実はザビーナの論文「生成の原因としての破壊」のエッセンスそのままだったというのだ。ザビーナはこの論文をユングに読ませたとき、ユングにアイデアを盗まれることを恐れていたが、実際に起きたことは盗んだのはフロイトだったということだ。この論文を残してザビーナは祖国ロシア（ソ連）に帰り、精神分析学を広めた。しかし、十年後（一九三三年）、ソ連では精神分析の研究が禁止され、さらにその九年後、独ソ開戦で侵攻したナチスドイツ軍にとらえられ、ユダヤ人のザビーナは二人の娘と地元民とともに地元シナゴーグ（ユダヤ教教会）の中で銃殺された。その事実が映画の最後に数行の字幕で簡単に報告されている。

一言付言しておくと、フロイトの精神分析理論が信じられたのは、七〇年代までで、八〇年代以後急速に信頼性を失う。いま医療現場でこれを信じる人も実践する人もほとんどいない。

失われた密約

しばらく前に購入したきり読んでなかったロー・ダニエルの『竹島密約』（草思社）を、李明博大統領の竹島上陸を機に一気に通読した。これがなかなか面白い。これを読まない人は竹島問題を語る資格がないと思われるほど、情報量が多い。著者は韓国人だが、視点は公正。驚くほどディープな取材力で、竹島密約の裏をあばいている。

竹島密約とは、一九六〇年代に日韓の権力上層部間で交され、以後約三十年間遵守された、竹島問題永久タナ上げ協定のことだ。日韓国交正常化のための「日韓基本条約」（一九六五）を結ぶにあたって、その最大の障害になっていた竹島問題をスキップするため外交の裏舞台で秘かに結ばれた。

サインしたのは、日本側全権河野一郎国務大臣。韓国側は丁一権国務総理。もちろん、どちらも両国トップの佐藤栄作総理大臣、朴正熙大統領の了承を得ていた。しかし密約の内容を知る人は日韓ともきわめて少数にとどめられた（日本七人、韓国四人）。密約の存在が公表されることはなかったから今でも知る人は少い。公式には両国政府とも密約を今も認めていない。

密約の内容は、「竹島・独島問題は、解決せざるをもって、解決したとみなす。したがって（日韓基本）条約では触れない」というもの。これに四項目の合意事項が付属していた。

イ、両国とも自国の領土であると主張することを認め、同時にそれに反論することに異論はない。ロ、しかし、将来、漁業区域を設定する場合、双方とも竹島を自国領として線引きし、重なった部分は共同水域とする。ハ、韓国は現状を維持し、警備員の増強や施設の新設、増設を行わない。ニ、この合意は以後も引き継いでいく。

ナルホドと思う。要するに、両国とも竹島（独島）は自国のものと主張しつづけてよいのだ。独自の主張を永遠に続けることを互いに認め合うということなのだ。竹島のように意見が真っ向から対立し、両国とも一歩も引くわけにはいかない領土問題を『解決』するには、このような「未解決をもって解決とする」ことしかないのかもしれない。

後に日中間で平和友好条約（一九七八）を結ぶにあたって同様の問題が起きた。

尖閣諸島問題である。これをスキップするために鄧小平が用いた論法は次のようなものだった。「尖閣列島は、確かに双方に食い違った見方があります。中日国交正常化の際も、双方はこの問題に触れないということを約束しました。今回、中日平和友好条約を交渉した際もやはり同じく、この問題に触れないということで一致しました。中国人の知恵からして、こういう方法しか考え出せません。

というのは、その問題に触れますと、それははっきり言えなくなってしまいます。そこで、確かに一部のものはこういう問題を借りて、中日両国の関係に水を差したがっております。ですから、両国政府が交渉する際、この問題を避けるということが良いと思います。こういう問題は、一時棚上げにしてもかまわないと思います。十年棚上げにしてもかまいません。

我々の、この世代の人間は知恵が足りません。この問題は話がまとまりません。次の世代は、きっと我々よりは賢くなるでしょう。そのときは必ずや、お互いに皆が受け入れられる良い方法を見つけることができるでしょう」。

もっと良い解決法が見つかるときまで、この問題はとりあげないでおこうということだ。これは本質的に先の竹島密約と同じ「未解決をもって解決」とするタナ上げ案だ。

タナ上げ案は、実は最初の日中国交回復交渉（一九七二）での田中角栄・周恩来会談からはじまっている。「尖閣諸島についてはどう思うか」と問う田中に、周恩来は、「今回は話したくない。今これを話すのはよくない」と答えている。外交においては、話題に取り上げれば必ず悪い結果を招くとわかっている話題については、はじめからスキップしてしまう（タナ上げにする）というのが、正しい選択だということだ。周恩来と鄧小平のこの発言に対して日本側が異を唱えなかったから、中国側では日中間で「尖閣問題についてはは当分タナ上げ」の合意ができていると思っていたのだろう。そこに今回の野田内閣の突然の国有化決定である。これはあまりにも唐突な現状変更と映じたはずだ。周恩来、鄧小平でできていたはずの合意を、日本が一方的に破ったと思ったのだろう。中国全土にまたがる連日の暴動まがいの反日デモは、それに対する過剰反応といってよい。

平和の維持に関する古典的名著エメリー・リーヴスの『平和の解剖』（一九四五）が何よりも強調していることは、status quo（現状）維持の大切さである。現状維持がつづく限りにおいて、戦争は絶対起らない。戦争が起るのは、必ず現状が変更されるときだ。相手が自分たちの核心的な利益にかかわると思っている側面で、大きな現状変更行動に出ようとするときは、必ず関係者各位への事前の充分な説明が必要になる。その了承を得ないで現状変更に走ると、センシティブな関係者の過剰反応を引き出し、思いがけない攻撃を受けることがある（ときには戦争にいたる）ということだ。これは、外交安全保障にたずさわる者の常識だ。それなのに、国際政治上の経験があまりにも乏しい民主党首脳たちは、中国側への説明抜きの現状変更行動に安易に走ってしまった。これが、今回の騒動の根底にある構造だろう。

話を尖閣諸島から、竹島に戻す。

密約以後、日韓両国の間で、毎年一回、日本側からの「竹島不法占拠についての厳重抗議」と、それに対する韓国側からの「独島は大韓民国の領土の不可分の一部であり、日本政府の主張はいかなる考慮の対象にもならない」という、ニべもない返答とが交換公文の形で約三十年にもわたって取り交されてきた。双方の首脳（官僚も含め）の間で、密約の引継ぎが、延々つづけられ、その確認の儀式を年一回行ったということである。年一回のこの儀式で竹島問題はフタをされてきた。

しかし、それも、韓国で朴大統領の暗殺以後、その政策が全斗煥、盧泰愚の軍人政治家たちに引き継がれていた間だけである。一九九五年に野党生活が長くて密約など全く知らない金泳三が大統領になると、すべてが断絶した。密約を記録した書類も消失した（担当者が民族的逆賊扱いされるのを恐れて燃やしてしまった)。そして、韓国側は、密約など知らないのをいいことに、第三項の「現状維持」の約束などは無視して、竹島の実効支配を強める現状変更(ヘリポート建設など)をどんどん進めた。

著者は驚くほど綿密な取材で、この密約の背景にある日本と韓国の政治の裏舞台をあばいている。岸信介、大野伴睦、金鍾泌など、日韓ともに一クセも二クセもある裏技、寝技にたけた政治家たちのかけ引きがカギを握っていたことがわかる。「政府がやることは何でもオープンに」を金科玉条とする政治社会になってしまった今日、あれと同じ密約という形は使えないだろうが、それに代るなんらかの政治的知恵をこらした難問解決法の案出が必要だ。「何でもオープンに」をルールにしている限り、政治も外交も大衆迎合的、水準低下が起こり機能不全に陥る。

おりから、民主党と自民党の代表選、総裁選が行われたが、どの候補者の顔を見ても、日本の将来に暗澹たる思いがこみあげてくる。彼らの誰一人として、あの時代のクセのある政治家たちに匹敵する政治的知恵の持主とは見えないからだ。しかし早く新しい知恵で、再度のタナ上げをはからないと、日韓も日中も領土問題にひっかかったまま動きがとれない不毛の時代が当分つづくだろう。

有人宇宙開発無用論

先だって東京プリンスホテルで開かれた〝ふわっと'92から20周年記念シンポジウム「ヒトはなぜ宇宙に行くのか?」〟に参加した。「ふわっと'92」とは、JAXA（当時NASDA）の毛利衛さんがスペースシャトル・エンデバー号ではじめて宇宙を飛んだプロジェクトの名前だ。

シンポジウムに参加したのは、毛利さんの他に、向井千秋さん、若田光一さん、野口聡一さんの各宇宙飛行士。それに若手宇宙飛行士の金井宣茂さん。毛利さんの二年前にソ連の宇宙船ソユーズで宇宙ステーション・ミールに飛んだ日本人初の宇宙飛行士、元TBSの秋山豊寛さん、元NHK解説委員の高柳雄一さん。司会は、NHK解説主幹の室山哲也さんだった。

シンポジウムの主たる話題は、日本はこれから、宇宙で何をやっていくべきなのか。もうちょっと、具体的にいうと、日本は独自の有人宇宙開発をやるべきか否かだった。

中国は独自の有人宇宙開発をとっくにはじめている。二〇〇三年に神舟五号で楊利偉を地球軌道に打ち上げたのを皮切りに、すでに多数の有人飛行（四フライト。宇宙飛行士九人）を成功させている。二〇二〇年までに、有人月探査を行う計画もある。独自の宇宙ステーションも建造する予定だ。二〇四〇ないし二〇五〇年頃には有人火星探査を行うともしている。

こういう状況をふまえて、最近日本でも独自の有人宇宙を、の声が高まっている。しかし、私はその考えにはあまり賛成ではない。この日のシンポジウムでも、控室で、反対論をぶっていたら、シンポジウムの冒頭いきなり指名されて、反対論をぶつことを要請された。

私がなぜ日本の有人宇宙開発に反対するのかというと、一つは、日本人は、有人宇宙に伴う人の死のリスクに耐えられないだろうと思うからだ。あの技術大国のアメリカですら、チャレンジャー号事故、コロンビア号事故で、多数の犠牲者を出して国家的ショックを受けた。日本が独自の有人をやる場合、どんなに安全に配慮しても、絶対安全ということはありえない。独自有人の方向に進めば、必ず近い将来、犠牲者を出すことになる。それが起きた場合、日本人に、アメリカ人がチャレンジャー号事故、コロンビア号事故に際し毅然とそれを乗りこえたようなことが期待できるだろうか。私はたぶんできないと思う。そういう事故が起きたとたん、ＪＡＸＡに対するものすごいバッシングがはじまり、有人宇宙関係者らは二度と立ち直れないほどの攻撃にさらされるのではないか。

有人に反対するもう一つの理由は、有人は金がかかりすぎるということだ。ただでさえ宇宙は金がかかる。有人ということになったら、安全係数を、もう一ケタ上げなければならない。そのために必要な追加のコストは膨大なものになる。それを捻出できるのか。日本の財政は、いま世界の歴史上類例がないほど、巨額の借金をかかえてほとんど破たん状態にある。中央地方合わせて、借金の額は一千兆円にも及ぶ。ＪＡＸＡ予算は、ほぼ年間二千億円弱のベースで減り気味で推移してきた。増える見込みは全くない。金さえあればやりたいことは沢山あるのに、それをおさえにおさえて、国際共同事業たるＩＳＳ・宇宙ステーションの運営費用（年間約四百億円）だけは優先的に捻出してきた。しかしこれ以外に日本独自の有人をやるための追加的費用を捻出する余地があるかといったら、ない。現在ＪＡＸＡの活動のメインは、基本的に人工衛星で、各種とりまぜ百三十以上あるが、これは全部無人。これらは社会的に不可欠なさまざまな活動をしている。いまや我々の生活は宇宙技術なしには成り立たなくなっており、その予算を少しでも削ると、さまざまな障害が起きる。いま日本国に不可欠なのは、無人技術であって有人技術ではない。

有人技術開発の重要性を説く議論の一つとして、将来それが経済的に大きな利益を生むこと必定だから、先行投資としてぜひやるべきだという論がある。宇宙では、地上では絶対にできないようなきわめて付加価値の高い物質（合金、結晶など）ができて、経済的にも引きあうようになるからいずれ宇宙工場がじゃんじゃんできるという話が昔あった。現実にこの二十年をふり返ってみると、夢はさっぱり実現していない。新合金や新結晶が多少は作られた。しかし、そこに付加価値がきわめて高く、宇宙工場を作るに値するものが少しでもあったかというと、ない。宇宙実験は沢山行われたが、いずれも基礎実験にとどまり、実用化・産業化をめざすレベルまでいったものはない。費用対効果の側面から、宇宙工場などはるかに遠い夢だ。

私がこういう意味の発言をすると、たちまち宇宙飛行士たちから反論の火の手があがった。宇宙飛行士たちは、基本的に日本独自の有人やるべしの立場である。若干の反論を紹介すると、秋山さんは、「宇宙は本質的に費用対効果ではかれるものではない」といい、野口さんは、「野口家の家計もずっと赤字つづきだけど、やっぱり子供たちに夢を与えられるような、あるいは知見を広められるようなことには金を惜しまなかったし、惜しむべきではない」。向井さんは、「宇宙がもたらしてくれるいちばん大きな恩恵は、物質的なものではない」といい、「〝material spin off（物質的な副産物）〟より〝spiritual spin off（精神的な副産物）〟が大切だ」といった。そのあたりからいろんな議論がまき起り、話はつきなかった。途中で、私に「反論は？」とふられたので、こんな意味のことをいった。独自の有人にどんな意味があるのかといえば、国威発揚くらいだろう。そんなことは国威発揚が何より大切な中国にまかせておけばいい。日本は有人はあくまで国際チームの一員としてやるという立場をつらぬき、あとは日本の独自性を発揮できる得意技術分野で勝負すべきだ。それは何かといえば、有人技術ではなく無人技術だ。近年、日本が最も成功した宇宙プロジェクトは「はやぶさ」だ。あれは人間の操縦・操作を極限まで排除した完全自律ロボットに近いプロジェクトだった。そしてサンプルリターンに徹して、重いものは何も持たず、取ってきたサンプルをスプリング8のような超弩級の分析機器にかけることで、世界中が驚くような成果をあげることができた。あれこそ、日本のロボット技術、日本の分析技術の高さを世界に示したノーベル賞級の成果だ。これからあの方向でどんどんやればいい。月にも火星にも、「はやぶさ」3号、4号を送りこんで、中国の宇宙飛行士がくる前にサンプルリターンをロボットにどんどんやらせて調べつくしてしまうのだ。中国が火星探査をやるころには、土星も、木星もサンプルリターンで征服してしまえばいい。独自の有人をするとなったら、数千億円の費用がかかる。しかし、「はやぶさ」方式なら一機、開発費含めて二百数十億。独自有人をやる費用で、「はやぶさ」を十機も二十機も飛ばせるのだ。有人の国威発揚にこだわる中国など「遅れてるー」と笑ってやればよい。

平成の国津神

東京国立博物館で「古事記1300年・出雲大社大遷宮　特別展『出雲―聖地の至宝―』」なる大展覧会をやっていると聞いて行ってみた。一カ月半に及んだ会期が終りそうだったせいか、会場は大変なにぎわい。あまり広くない会場はギュウヅメだった。私は午前中に行ったからすぐ入れたが、見終って外に出たら、入場制限にあった人たちが長蛇の列を作っていた。

みんな何を見にきたのかというと、二〇〇〇年に出雲大社拝殿のまん前から掘り出された「宇豆柱」と呼ばれる巨大な（直径三メートル）柱の根っこの部分。展示室中央のガラスケースの中にドーンと巨岩のごとく三つころがっていた。「スゴイ」と思った。

いまの出雲大社は、高さ二十四メートル（八丈）。これでも十分高いと思うが、昔はこれが四十八メートル（十六丈）あったという伝承がある。かつてその話を信ずる人はほとんどいなかった。それが、この発見で、一挙にそれを信ずる人のほうが多くなった。それは、出雲大社の宮司を長年つとめてきた出雲国造《いずものくにのみやつこ》の家にずっと伝承されてきた、鎌倉、室町時代の大社の宮大工への指図書「金輪御造営差図《かなわのごぞうえいさしず》」に描かれているものと、工法（長大な木材を三本まとめて金輪で締め上げる）も寸法もピタリ一致したからである。金輪も出てきた。この図面も展示されている。

また、会場には、四十八メートル時代の出雲大社がどのような形状だったかを示す十分の一縮尺の復元模型が展示されている。これで、現実に建っていた頃の様子が実によくわかる。高さ四十八メートルの神殿には百メートルに及ぶ長いスロープ状の階段が付けられているが、その寸法は、「金輪御造営差図」にあった書き込み「引橋長一町」からちゃんと算出したものだ。この模型、ゼネコンの大林組の二十年以上も前のプロジェクト「古代出雲大社復元」から生まれた。大林組はありとあらゆる資料を集めたうえで、現代建築学の成果をすべてとり入れた緻密な構造計算を行った。地震、台風などのリスクもちゃんと計算に入れた（絶対安全ではないが、歴史的にきわめてレアなケース以外は大丈夫という）。四十八メートル時代、平安中期から鎌倉初期の二百年間に七度ほど転倒したことがあるという。西村健禰宜は、「出雲大社が雲太の御神殿であった時代（立花注　十世紀頃、日本の高い建物ランキングで、「雲太《うんた》、和二《わに》、京三《きょうさん》」とうたわれていた。「一位出雲大社。二位東大寺大仏殿。三位平安京大極殿」の意)、倒れても倒れても、古人は壮大な御神殿を造営し続け」たが、それは出雲大社が、「よみがえり」を信じ、それを常に最も大切にしてきた教団だからという。なるほど大国主命は、殺されても殺されても生き返る神だった。神話に従えば、兄弟たちの嫉妬を受け「赤猪を受け止めろ」といわれて赤く焼いた大石の下敷きになって焼死したときは、貝殻の粉末を母乳(蛤の汁?)で練ったものを体に塗って蘇生した。広野で火をかけられたときは、ネズミの巣穴に入って助けられた。大国主命の生涯は、絶体絶命のピンチに追い込まれては死の寸前に助かる話の連続だ。

ここ数年来、出雲では、目をむくような大発見の連続だった。一九八四年には荒神谷遺跡から三百五十八本もの銅剣が一挙に発見されたし、一九九六年には加茂岩倉遺跡から三十九個の銅鐸が一挙に発見された。いずれも日本の古代史を書きかえる大発見といわれた。今回の展覧会では、この銅剣も、銅鐸も同時に大量に展示されている。この三つの大発見の成果が一挙に同一会場で大々的に公開されたのは東京ではこれがはじめてだ。それで、これだけの人気が出たのだろう。

私は実は、数年前に、荒神谷も、加茂岩倉も、出雲大社の巨大神殿遺構も、それぞれ別の機会に現地で見て驚いた経験を持つ者だが、それでも今回同一会場で同時に全てを見て、あらためて、日本の古代史はこれで完全に書き換えられたと思った。

何が書き換わったのかといえば、日本国の成立史である。日本国の成立史において出雲の果した役割である。それは言葉をかえていえば、古事記の世界（出雲神話が三分の一を占めている）を歴史にどう取りこむかという話だ。

かつて日本の歴史学の世界では、神話に言及することを一切禁忌としてきた。学界を支配してきたいわゆる進歩派の歴史家たちが、神話の一切排除を主張してきたからだ。考古学の成果を中心に歴史を描けという。そういう流れに対して、坂本太郎はあるときこう異をとなえた。

「しかし考古学だけで歴史は成り立たない。しいていえば歴史の骸骨はできるかもしれない。が、血肉の通った歴史は生まれてこない。神話・伝説を毛ぎらいした歴史は、まさに角をためて牛を殺した愚者のたとえにぴったりだ」

角をためて牛を殺してしまった歴史家の頭からは、荒神谷の銅剣を見ても、加茂岩倉の銅鐸を見ても、それが何なのかを伝える大きなストーリーが生まれてこない。大量の論文が書かれたが、それらは、銅剣や銅鐸の様式がどうのこうのという面白くもおかしくもない論文が大半で、まことに歴史の骸骨そのもの。あ、そうなのかと思わず膝を打ちたくなる論文はさっぱりなかった。ちょっとちがうのは、論争家として鳴らす安本美典の『邪馬台国と出雲神話』。はじめから「『出雲神話』の中心的なテーマは大国主の『国譲り』の話である」として、この二つの遺跡の大量の銅剣、銅鐸は、「国譲り」神話と関係しているのではないかとズバリ指摘する。そして、三百三十ページの本で、その関係を論証していく。荒神谷と加茂岩倉を論じて、これほど刺激的な本はない。実は両者のちょうど中間地点にある大黒山が、昔大国主命が住んでいたところで、命はここから出雲を支配していたという。

命の息子タケミナカタの神が出雲の軍団をひきいていた。彼は国譲りに最後まで反対し抵抗をつづけた。その壮絶な戦いを記念するタケミナカタを祀る神社が、遺跡をとりかこむようにして六社もある。「荒神谷から出土した銅剣、銅矛、銅鐸は、大国主命の神宝であって、タケミナカタが敗れて退くとき、再起のため一時的に隠匿したと解することができる」という。

出雲大社は、国譲りの代償として、大国主命の側が、ヤマト側に要求したもの（「ヤマトの神の宮殿に負けないくらい大きく立派な宮殿を」）だった。これと引きかえに国津神の総帥大国主命はヤマト（天孫降臨族）に対して敗北を受け入れたのだろうという。

私は国津神という言葉を聞くと、いつも頭に浮かぶイメージがある。自民党全盛期に地方をバックに中央政界に進出し、自民党中枢を切りまわした、一クセも二クセもある面構えの、いわゆる実力者たちの顔だ。彼らこそあの時代の国津神だった。田中角栄、金丸信、竹下登、青木幹雄などなどの顔がすぐ浮かぶ（なんと二人が出雲出身だ）。

次の選挙も、中央に対する地方の反乱的なところがある。平成の国津神たちは、平成の天孫族に勝利をおさめることができるのだろうか？

「ゴミの島」

ふとテレビをつけたら、ニュースショー番組で、いま東京湾で起きている『領土争い』をやっていた。東京湾の「中央防波堤埋立地」の帰属問題だ。面白かったので、つい見入ってしまった。中央防波堤というのは、東京湾のド真ん中にある巨大な防波堤だが、その内側にも外側にも巨大な埋立地がある。そこが東京のゴミの最終処分場。私ぐらいの年齢になると、東京都のゴミの最終処分場として、反射的に出てくる名前は、「夢の島」である。五、六〇年代当時夢の島は「ゴミの島」と呼ばれ、ゴミにまつわるいろんな事件が起きた。ゴミと夢の島は記憶の中でわかちがたく結びついている。あの頃、家庭の生ゴミはそのまま捨てられていたから、夢の島はいつも悪臭がただよっていた。すべてのゴミが分別も焼却もされず、ただただ積み上げられていた。人々を驚かせたのは、六五年六月に起きたハエの大量発生事件である。ハエは、対岸の江東区南砂あたりにおしよせ、追っても

追っても人の顔にたかった。どの家の天井もハエで真っ黒。夜はハエを追うのに疲れ果てて眠れない人が続出した。殺虫剤をいくらまいてもハエは死滅しなかった。ハエが薬剤耐性を獲得してしまったせいで、散布量を致死量の二千倍にふやしてもきかなかった。結局大量の重油をかけて、巨大なゴミの山（高さ二十メートル、長さ二百七十メートル）を燃やすことで切り抜けた。ゴミの山は何日も燃えつづけ、住民はその煙に悩まされた。重油で燃やす以前から、ゴミの山はしばしば自然発火して、くすぶりつづけるのが常態だった。

その頃、東京中のゴミ収集車が、山のようなゴミを毎日毎日夢の島に運びこんでいた。その量一日に九千トン（二トン車で四千五百台）。ゴミ運搬車で、江東区の道路は毎日渋滞に渋滞を重ねた。ゴミ公害を一手に引き受けた形になった江東区が怒りを爆発させて起きたのが、ゴミ戦争。各区内にゴミ処分場を作り、「自分の区のゴミは自分の区内で処理」の原則（処分しきれないものだけ夢の島へ）を作ろうとした。各区ともその要求に応じたのに、杉並区だけは、ゴミ処理工場を作ろうとすると住民の反対運動が起きることを理由に、夢の島への搬入をつづけた。これに怒った江東区は、区長以下住民と幹部職員がピケを張って、杉並のゴミ収集車だけは阻止した。杉並区はゴミがたまる一方になり、住民が悲鳴をあげた。これがゴミ戦争。

あの夢の島の正式名称は十四号地。六七年にこれが満パイになると、新しい処分場がその少し前から十五号地（江東区若洲）として作られた。そして、これまた七四年に満パイになると、その一年前から、若洲のすぐ先の海面に作られはじめたのが、前から台場沖にあった中央防波堤の内側埋立地。これまた八七年に満パイになると、そのしばらく前から中央防波堤の外側にも処分場を広げて使いはじめた（外側埋立地）。これを現在使用中だがいずれ満パイが見こされるので、中央防波堤外側の外側に新しい処分場を造りつつある。これを新海面処分場と名付けて、すでにその最初期の構造体が作られている（これを外側と合わせるとあと五十年はもつといわれる）。

そこでいま何が起きているのかというと、この中央防波堤内側外側の埋立地の行政区画上の帰属をめぐる争いだ。帰属が決まらないことには、住所が決まらないということで、ここは無住所地だ。住所が決まらないと、郵便配達ができないのはもちろん、あらゆる行政手続きが進行しない。たとえば、税金の徴収もできない。この帰属が決まらない土地、どれくらいあるのかというと、中央防波堤内側（立派な工場、オフィスビルがすでにならんでいる）だけで百ヘクタール以上。外側（造成中）が三百ヘクタール以上。新海面処分場にいたっては、八百ヘクタールもある。全部合わせると千二百ヘクタールある。これがどれくらいの広さかというと、既存の東京二十三区のうち小さいほうの中央区、荒川区、台東区、文京区、千代田区のどれよりも確実に大きくなる。

　いま争っているのは、埋立地に隣接する江東区と大田区。どちらもトンネルや橋でつながっている。帰属いかんでとてつもない富がころがりこむから、両区とも目の色を変えている。江東区はこれまで埋立用のゴミの運びこみを一手に引き受けてきた立場を強調し、大田区は、この海域でノリ栽培や漁業をしていた区民が過去に放棄させられた海面利権の大きさを強調する。中央防波堤内側、埋立地の真ん中にそびえているのが、東京都環境局中防合同庁舎の十階建てのビル。その一番上の展望回廊から見ると、中央防波堤埋立地の全容がながめられるというので、出かけてみた。テレビの影響か見学のオバさんがゾロゾロいる。なるほど広い。すぐ隣が臨海副都心のお台場だが、お台場全体と比較しても問題にならないくらいこちらが広い（約三倍）。お台場（十三号地）のときは、港、品川、江東の三区で争い、結局都が調停に入って三区で分割した（少しずつ住所がちがう）。お台場の現在を見れば、その富の大きさがわかる。実は夢の島のその後も、十五号地（若洲）のその後も、いまは立派な市街地、施設になっている。若い人たちはそこがゴミの島であったことなどまるで知らない。

展望回廊全体が、東京都のゴミ処理の歴史の展示場になっている。それを見てまわると驚くことばかり。ゴミ戦争だのハエの大発生だの恥になる歴史もあるが、現代ゴミ処理テクノロジーの驚くべき進歩も見せてくれる。東京のゴミ処理場では、ゴミ焼却熱で発電（十億キロワット）して年間五十六億円稼いでいる。鉄の回収で五億五千万円、アルミで一億二千万円、稀少金属で二億六千万円。リサイクルの稼ぎも立派だが、何よりすさまじい稼ぎは、そこに一つの区に匹敵するほどの新しい土地を生み出しつつあることだろう。新しい千二百ヘクタールの土地代を、近くの有明の東京ビッグサイトあたりの土地代（一平方メートル百万円）で換算してみると、実に十二兆円になる。

実は、埋立によって新しい土地を作りだすことを、東京では江戸時代からやってきた。埋立で作りだした土地面積、江戸時代すでに約二千七百ヘクタール。明治から平成のはじめまでで約六千ヘクタール。合わせて千ヘクタールの区なら八つ分以上だ。有明の土地代で換算すると実に八十七兆円だ。これだけの埋立が可能になったのは、このあたりの東京湾の水位が二から四メートルと浅いからだ。

実は江戸時代に、利根川東遷事業という一大公共事業がなされた。大昔、関東一の大河、利根川は江戸湾に直接流入していた。そのころ江戸はそのためしょっちゅう大水害に見舞われていた。下流の流域一帯が湿地帯になり、耕作に適さなかった。その流れを、埼玉県栗橋で大きく方向転換させた。利根川本流が東京湾に向わず、東に転じて、銚子から太平洋に注ぎこむように誘導した。これで関東南部の水の流れと物流と土地利用が一挙に変り、江戸を東洋一豊かな都市に変えたのだ。

それくらい大きな構図で日本の未来を考え、それを現実化できる政治家がもう一度出てこないものかと思う。民主党の失政はいろいろあるが、「コンクリートから人へ」という口あたりがいいだけで中身は何もないスローガンもその一つだろう。コンクリートも国家百年の計に必要なときはドンと使わなければならないはずだ。

黒潮町長の執念

阪神淡路大震災から十八年。いまや神戸でも阪神淡路大震災を体験していない人が人口の四割を超えるという記事を感慨をもって読んだ。その前後私は神戸にいた。スーパーコンピュータ「京」の運営諮問会議に出るためだった。会議が終って施設の見学があり、普通見ることのできない地下の免震構造を見せてもらった。「京」が置かれている計算科学研究機構は、阪神淡路大震災で液状化現象で大きな被害を受けたポートアイランド地区にある。また震災が起きたらどうなるか。ここは建物を建てる前に徹底的な地盤改良を施したので、液状化は起きない。最新の免震技術で全重量三万トンの建物全体が免震ゴムで支えられている。もう一度阪神淡路大震災クラスの大地震（震度六強）が来ても、軽く受け流すことができるという。

この日の会議で、海洋研究開発機構（ＪＡＭＳＴＥＣ）が作った、東海・東南海・南海地震が連動した際にどれほど恐るべき大津波が起るかを予測したシミュレーション映像を見た。それは唖然とするほどすごい。駿河湾から、紀州沖、土佐湾を含む、ほとんど日本列島の西半分がおおわれるくらいの巨大津波だ。

この地域では歴史上繰り返しM8クラスの巨大地震（津波）が起きてきた。それは、フィリピンから毎年四、五センチの速度で北上してくるフィリピン海プレートが、本州を載せるユーラシアプレートの下に潜り込みをはじめる海溝部分（南海トラフ）を震源とする大地震だ。震源のちょっとしたずれで、東海・東南海・南海などの異なる名称が付けられるが、本質はみな同じだ。プレート境界にストレスがたまって起る地震だ。この三つの地震は、しばしば二つが連動する。同時に起きたり、ちょっとした時間間隔（数十時間だったり数年だったり）で連続したりする。

歴史をたどると、日本書紀に記された「白鳳南海地震（六八四）」が南海地震の記録ではいちばん古い。「大地震あり、国挙《こぞ》りて男女叫びまどひき。即《すなわち》山崩れ河湧《わ》き、諸国郡官舎、百姓（人民）の倉屋、寺塔、神社破壊するものあげて数ふべからず。（略）土佐国の田苑五十余万頃《けい》、没して海となる」とある。五十万頃は面積の単位で約十二平方キロである。それ以来、通算八回の南海地震があったとされるが、元東大地震研の都司嘉宣氏の

『歴史地震の話』（高知新聞社）によると、実は歴史に埋もれたあと二回の南海地震があり、ほぼ百年から百数十年に一回の割合で、必ず起きているという。近いところでいうと、戦争直後（一九四六）の昭和南海地震。その前は安政南海地震（一八五四。東海地震と一日ちがいで連動）。宝永地震（一七〇七。東海地震と同時）。南海地震はスケールが大きいのが特徴で、記録に「亡所（町村が完全に消滅する）。一木一草残るなし」の表現がよく見られる。特に被害が大きかったのは、宝永地震の被害だが、このとき亡所となった集落が八十八もあった。

神戸新聞で、「津波犠牲ゼロ　諦めない」という大きな囲み記事を読んだ。なんのことかと思ったら、昨年三月末に、内閣府から次の南海地震の被害予測が発表されたが、その中で、最大の津波が来ると予測されたのが、高知県黒潮町。その高さなんと、三十四・四メートル。ちょっとした津波なら避難所、避難路を作るなど、難の避けようがいろいろあるかもしれないが、三十四・四メートルとなったら、絶望だろう。このニュースを前に聞いたとき、これは無駄な抵抗はあきらめて、手をあげるしかないのでは、と思った記憶がある。

ところがこの町が、町をあげて、犠牲者ゼロをめざす大計画をたて、それを着々実行に移しつつあるというのだ。しかも、ただのスローガンではなく、本当に実効性ある計画にするために、町民一人一人の避難カルテまで作るというのだ。普通、行政がやることは避難所、避難路などのインフラを整備するところまでで、あとはそのインフラをどう利用して逃げるかは、一人一人の自主的判断にまつということにするはず。しかし黒潮町では各人が具体的にどこにどのように逃げるか、一人で逃げられるか、誰か助けが必要か、必要なら、その人手をどうするかなどなど、住民の一人一人について、これで安心というところに逃げおおせるまで、一つ一つあらゆる障害を取りのぞく手だてを行政がともに考えていくことで、本当の犠牲者ゼロの実現をめざすというのだ。大都会なら考えられないレベルまで、行政が個人の生活に立ちいって手を貸そうというのだ。

一人一人の避難カルテを作るというところまで読んで、ああ、これは本気なんだと思った。そこまでやるなら、本当に犠牲者ゼロが実現するのかもしれない。地震とちがって、津波は、来るまでに時間がかかる。その時間を利用して逃げれば助かるのだ。

これは、現地に行ってみるにしかずと思って、空路高知県を訪れた。黒潮町の大西勝也町長に会ってみると、まだ四十二歳と若い。恰幅がよくて元気いっぱい。以前は、近くの四万十市の盛り場の常連で「夜の帝王」呼ばわりされたこともあるという。しかし、南海地震の新予測が出てからは、いつ地震がきても立ち向えるように、いまは飲む日を週一回に制限しているという。

――三十四・四メートルの津波に犠牲者ゼロなんて、ほんとに可能なんですか？

「可能だと思っています。町の全域に三十四・四メートルが来たら、町は消滅です。しかし三十四・四メートルが来るのは、特定の場所だけ（海に張り出した岬のような場所にある消防署周辺）。その消防署は移転作業中です。しかし他に二十メートル、十メートルを超えそうな地域がかなりあり、基本的に高所への避難路、タワーの整備で対応します（一部高所移転も検討中）。タワーは五基作ります。いまある一基は十二・一メートルで、浸水が予想されるため、大きなものを併設します（他に四基は新設）。町の予算は約百億円で三〇％が防災費。町の存亡がかかってますから、最優先最緊急で対応していきます。一部の学校は安全な場所ですが、浸水予想の学校は裏山への避難道を整備しました。学校によっては毎週避難訓練をやっています。子供ら速いですよ。ヨーイドン！で三十メートルの裏山のてっぺんに二分でたどりつきます。頼もしいですね。大変なのは高齢者です。これから一年かけて、町民全員の避難カルテを作りあげます。町内に六十一集落あり、集落ごとに自主防災組織があります。全職員を通常の仕事以外に各集落の防災担当にして避難計画作りにもタッチさせています。浸水予想は四十集落あり、今後は、集落を細分化した約三百の班ごとに避難計画作りを進めます。当初、三十四・四メートルと聞いて、『あきらめた』という避難放棄者がかなりいましたが、私を含む全職員が手分けして、もう百八十回も対話集会を開いてきたので、いまは、ネガティブなことをいう人はほぼいません」

元気がいい町長の案内で全町をまわるうちに、来る前は全く不可能と思えた犠牲者ゼロが、現実性を帯びた可能性として見えてきた。

「子供らには、裏山まで逃げたら、海に向ってヤッホーと叫べと校長先生が指導してるんです。この町は海の幸で食べさせてもらってる町ですから、『海はときどき百年に一回くらい悪さをするけど、あとはいいことをしてくれる。感謝の気持をこめてヤッホーと叫べ』とね」

絶望のかけらもない町に日本人の強さを見た。

ツングースカの謎

二〇一三年二月十五日に起きたロシア、チェリャビンスク州の隕石落下事件には驚いた。何にいちばん驚いたかというと、アッという間にYouTubeにあふれた目撃実写映像のすごさだ。「イヤーこれはすごい」と思わずウナるような映像が次々に出てくる。まるでプロのTVカメラマンが車を走らせながら撮った追いかけ映像さながらだ。

つくづく時代は変ったと思う。いまや大事件が起きれば、すぐにリアルタイムの記録映像がネットにあふれる時代なのだ。それにくらべて約百年前（一九〇八年）にシベリアの奥地で起きたツングースカ大爆発は、今回の爆発の何十倍も大きな爆発だったというのに（チェリャビンスクはヒロシマ原爆三十三発分。ツングースカはヒロシマ千発分。十メガトン級）、リアルタイムの記録はひとつも残らなかった。シベリアの山奥の人跡未踏の地であったため、目撃したのは原住民エベンキ族と無数のトナカイ（数千頭が焼け死んだ）だけだった。文明人がこの地に入り、大爆発の痕跡をたどって貴重な組織的記録を残したのは、爆発二十年後のレオニード・クリック（全ソ隕石委員会）の調査団がはじめてだった。彼は六次にわたる調査団を組織し、沢山の写真と映画を残しているが、それはまことに驚嘆すべき映像である。気が遠くなるほど広大な土地（二千平方キロ。ほぼ東京都の全面積）の樹木が一斉に同じ方向を向いて根こぎにされて倒れている。倒木をマップ上にトレースしていくと、蝶の形になったので、それはツングースカバタフライと呼ばれた。数十万本の倒木を丹念に調べて倒れ方から逆算すると、「直径百メートルくらいの隕石が方位角百十五度、仰角三十五度で秒速三十メートルくらいで突っ込んできて、爆心地付近の高さ七千メートルの地点で爆発すると、倒木が本当にバタフライ状にならぶということが、シミュレーションの結果わかりました」と当時調査にあたったゾートキン博士はいっている。

私は、一九九九年に現地を訪れ、ヘリコプターで空中から、この不思議な大爆発跡を見た。テレビ番組（TBS21世紀プロジェクト「ヒトの旅、ヒトへの旅」二〇〇〇年一月三日放送）を作るためだった。二十世紀から二十一世紀への移行にあたって、二十世紀に起きた一番不思議な事件の現場に立ってみようという企画だった。

それは確かに何ともいえず不思議な光景だった。大爆発から百年近くたつというのに、そのとき根こぎにされた倒木が、昔のままに倒れている。倒れた木は、シベリアのような酷寒の地では、それ以来、そこに死んだまま横たわっているのだ。見わたすかぎりそれが延々とつらなっている。それが大爆発のとてつもない大きさをよく物語っていた。

この爆発で不思議だったのは、はじめ学者たちが、これは巨大な隕石落下による大爆発にちがいないと推測して調べはじめたのに、いくら探しても、隕石が見つからなかったことだ。隕石は、しばしば、大気圏突入時に割れてしまう。九六年につくば市に落ちたつくば隕石は、二十三個に割れたし、一九〇九年に岐阜市、美濃市などに落ちた美濃隕石は二十九個に割れている。あまりに多数に割れた場合には、隕石シャワーなどと呼ばれたりする。

ツングースカの場合、それ以前の問題として、一つ二つとかぞえられる隕石めいたものが、そもそも見つからなかったのである。爆心地は、すぐにわかった。爆心地周辺の倒木は皆横なぐりの爆風で吹き倒されて横たわっていたのに、爆心地の樹木は、幹の部分がまるで電信柱のように、スッポリそのまま残っていた。爆風が真上から真下に吹いたため、幹の部分だけ風圧に耐えて生き残ったのだ。

隕石は恐らく地中にめりこんだのだろうと推測してその周辺一帯を、深さ四メートルまで掘り下げてみたが、隕石らしいものはついに出てこなかった。一九二八年から三〇年にかけては、荷物運搬用の馬ソリだけで、五十一台も動員し、ボーリング、ドリリング、大型ポンプなどの重機類と磁気探査装置を持ちこみ、その周辺一帯を徹底的に調査した。浅い沼地や泥炭地は溝を切って水をかい出し、深い沼は潜水夫が潜って調べた。幾つかの狙いをつけた地点では深さ三十メートルまでボーリングを行い、ボーリングマシーンがこわれるところまで掘ったが、隕石ないしそれを思わせる物質は何も見つからなかった。磁気探査や、化学的分析も、成果がなかった（五〇年代以後イリジウム検出説もある）。

探しても探しても何も見つからないうちに、ソ連は独ソ戦に突入し、クリックはドイツ軍の捕虜になり、強制収容所でチフスにかかって死んでしまった。

ツングースカ大爆発の謎は謎のままに残り、今でも各国でその謎を追究しつづけている一群の研究者たちがいる。一時は、宇宙人説など、ちょっと怪しげな説が流行したこともあるが、いま主流は、隕石でなければ、彗星だったろうという見方に傾いている。彗星であれば、直径数十メートルもあれば、メガトン級の爆発を起すことができるし、ほとんどが氷だから、爆発後雲散霧消して、物質的な痕跡を残さなくても不思議ではない。

今回のチェリャビンスクの隕石落下報道にしても、その後のニュースでは、ロシアの気象衛星が、隕石落下のコースに沿って、多量の水蒸気が存在していたことを観測したので、あれも実は彗星であった可能性が高いという説もある。

ツングースカに関しては、まだとけてない謎がいろいろある。あの前後、ヨーロッパ各地の気象台（ベルリン、コペンハーゲンなど）は異常な空気振動を記録しただけでなく、M5程度の地震動も記録している。現地では、地中からゴロゴロという音が数カ月にわたって聞こえていたという話もある。あの地域が二億数千万年前まで火山であったことから、そもそもあの大爆発は天体の落下現象ではなく、地球内部に原因を求めるべきだといった説（天然ガスの大量噴出説など）をとなえる学者が、最近でもいる。

あの取材をした頃、ツングースカ大爆発に関しては、日本でも怪しげな説（タイムマシーン、宇宙人、ブラックホール、反物質などなど）をとなえるヒトが多かったせいもあり、マユツバもの扱いをした人もかなりいた。しかし、チェリャビンスク以後は、世界中で天体（隕石または彗星）の落下説がいかにもありそうな話として取り沙汰されるようになっている。チェリャビンスクの隕石落下が起きたすぐ次の日に、かねてから地球衝突の危険性が指摘されていた小惑星「2012DA14」が、地球のすぐ近く（二万八千キロ。静止衛星軌道の内側）を抜けていったということもあり、あらためて、我々は、すでに宇宙ハザードマップが恒常的に必要な時代に入っているのだと感じる。

実は、ツングースカ大爆発を起した小天体が、たった四時間だけ落下時刻がズレていたら、同緯度のサンクトペテルブルグを直撃していたはずの計算になる。もしそうなっていたら、ニコライ二世が死んでいた可能性もあるし、ロシア革命を起こした革命家連中の主要メンバーが死んでいた可能性もある（レーニンはスイス亡命中だったから無事）。たった四時間の軌道のズレで世界の歴史が大きく変っていた可能性があるのだ。人類の歴史は宇宙で起きる現象と意外に深く結びついているのだなと思った。

有機合成新時代

二〇一〇年のノーベル化学賞受賞者、根岸英一博士（科学技術振興機構・米国パデュー大学）を迎えて、自然科学研究機構（分子科学研究所）主催のシンポジウム「分子が拓くグリーン未来」が、一ツ橋の「学術総合センター」（一橋講堂）で開かれた（二〇一三年三月二十日）。午前十時から夕方五時半までビッチリのプログラム。化学の広い分野を代表する八人の研究者たちが次々に登壇して、さまざまの角度から化学技術の夢のような未来像を語ってくれた。

この日のシンポジウムのタイトル「グリーン未来」は、根岸さんの発想からきている。日経新聞「私の履歴書」で根岸さんはこう書いている。「最近よく『グリーンケミストリー』という言葉をお聞きにならないだろうか。簡単に説明すれば『化学物質による環境汚染を防止し、人体や生態系への影響を最小限に抑えることを目的にした化学』となる」

二十一世紀は化学の時代である。いまや我々の生活をとりまく大半の物質が化学工業が生み出す人工物質になりつつある。しかし、これまでの化学工業は公害時代のイメージから、しばしば環境破壊の元凶のごとくいわれてきた。だがそれは、化学の技術力を向上させることで方向を逆転させせられ、とびきりのグリーン技術にもっていけるということなのだ。

モノ作りの基本技術そのものを、低エネルギーで環境負荷が小さいタイプのものに変えていけば、現代産業社会のネガティブな側面は一挙に縮小するはずという。根岸さんはいま、科学技術振興機構の総括研究主監だ。「低エネルギー低環境負荷モノづくり社会」を実現するための「先導的物質変換技術の創出」プロジェクトの推進役だ。これは根岸さんがこれまでやってきた研究と同じタイプの技術（先進的触媒開発）を産業社会全体に広めるということでもある。根岸さんのノーベル賞は、「パラジウム合金を触媒に使った有機合成法＝根岸カップリング」に対して与えられた。パラジウムを触媒に使うことで、これまで実現不可能とされてきた有機合成反応（炭素＝炭素結合）を次々に実現させたことが高く評価された。根岸カップリングで実現する炭素＝炭素結合は、あらゆる有機物の骨格になる。これはいま世界で最も広く使われる有機合成技術の核でもある。根岸さんと同時にノーベル賞を受賞した鈴木章博士の鈴木カップリングも、有機合成の世界で最も広く使われている技術の一つだ。実は、根岸、鈴木以外にも日本には、有機合成の世界で、○○カップリング、○○反応などの形で、個人名付きでよばれる技術が沢山ある。日本は世界に冠たる有機合成王国なのだ。

現代社会においては、自然物をそのまま利用することはほとんどない。何らかの意味で、その製造と流通の過程で有機合成化学が大きくかかわっている。自然物にいちばん近い農産物においてすらそうだ。農薬と肥料なしには現代の農業はまったく成り立たないが、これは全部有機化学工業の産物だ。衣食住のすべてにおいて事情は同じだ。

どれほど多くの化学物質を我々は使っているのか。世界的な登録機関であるＣＡＳに登録されている化学物質は二〇一三年三月二十五日現在、実に七千百二十万件だ。化学物質は、毎日毎日新しいものが新規登録され、一日平均一万五千件ずつリストは増大している。その大半が、基本的に有機合成化学物質だ。かつて有機物は生物にしか作れないと思われていたが、一八二八年にヴェーラーがはじめて尿素を合成して、有機合成化学の道を開いた。一八九二年にはじめて有機合成化合物のリストが作られたが、その数は約六万件だった。ＣＡＳの登録は一九六五年からはじまったが、最初の一千万件まで二十五年かかった。

しかし今は毎日一万五千件増えるから、次の一千万件まで二年足らずだ。この急速な発展に大きく寄与したのが、先にあげたような日本人有機合成化学者たちが開発した技術だった。ノーベル賞受賞後の記者会見で、根岸さんは、今後の研究の方向を問われて、人工光合成の研究をやりたいと答えた。今回のシンポジウムでも人工光合成の研究に力点が置かれた。

根岸さんは、シンポジウムの予稿の中でこう書いている。

「我々の生活に欠かせない食糧、衣料、燃料はほとんど、有機化合物である。筆者は地球温暖化の元凶とされているCO$_2$、これとH$_2$Oを科学的かつ実用的にリサイクルして活用することが必要であり、これを経済的かつ安全に達成することこそ、今日の化学者に課せられた今世紀最大の課題の一つと考える」

人工光合成が実現して、CO$_2$と水から有機物が作り出せたら、それが食糧にも衣料にも燃料にもなるのだから、これは究極の有機合成といってよい。

シンポジウムで「ハーバー・ボッシュ法を超えるアンモニア合成法は誕生するのか？」を論じた西林仁昭東京大学准教授は、ちがう角度から似たような問題を論じた。我々が食べている食物は、基本的にハーバー・ボッシュ法で作られたアンモニアを原料とする肥料

（硫酸アンモニウム）のおかげで収穫されている。ところが、ハーバー・ボッシュ法は、実は驚くべきエネルギー大量消費型技術（高温高圧法）である。世界の食糧生産のために年間一億五千万トンのアンモニアが必要だが、それには膨大な化石燃料がいる。「我々は、実は石油を食べているといってもいいくらいです」と西林准教授はいう。これを抑えるため、西林准教授は、ハーバー・ボッシュ法にかわるエネルギー低消費型（常温常圧で反応が進む）アンモニア合成法を発明した。これでいくと、アンモニアを大量に安価に製造できる。そうすると、アンモニアを社会の基本インフラの一部として利用する「アンモニア社会」が実現できるという。

どういうことかというと、未来のエネルギー技術の重要な一翼が、水素利用になることはほぼ確実な情勢。その際困るのが、水素に爆発の危険があること。輸送も貯蔵も簡単にはできない。そこで、水素をアンモニアに変換して（アンモニアは窒素1と水素3で作られる）アンモニアとして貯蔵・運搬すれば何の危険もない。いたるところにアンモニアタンクを置けばいい。さらにはアンモニアのまま自動車を動かすアンモニア自動車のアイデアもある（実は、第二次大戦中にヨーロッパで実際に作られ、実際に走っていた）。

これはただの夢物語ではない。科学技術振興機構の戦略的創造研究推進事業の一本になっており、国策プロジェクトとしてすでに走り出している。

人工光合成の研究者、正岡重行・分子科学研究所准教授は、人工光合成が実現するには、まだまだ時間がかかるが、これが実現したら、生物進化史上画期的進化とみなせるという。「これまでの生物界では、太陽エネルギーを直接捕集して、食物に変えられるのは、植物だけでした。動物はそれを食べてエネルギーを得るだけの一方的消費者でした。しかし、人工光合成ができたら、人間は独立の食物エネルギー生産者になるのです。これは動物で最初のことで、進化史を塗りかえる出来事になります」という。

生物学の用語で、従属栄養生物、独立栄養生物という言葉がある。自分が無機物を摂取するだけで生きていけるのか。他の生物が作ってくれる有機物を食物として摂取しなければ生きていけないのかのちがいだ。人間は従属栄養生物の典型だったが、人工光合成技術を可能にしたら、人間は人類全体として従属栄養生物から独立栄養生物に大転換したことになるのだ。これは、数億年に一回あるかないかの大進化といっていいだろう。そしてその暁には、食物、エネルギーのみならず、人間が必要とするほとんどあらゆる物質を有機合成で太陽エネルギーから作り出せる時代になるわけで、文明の様相は一変するだろうという。

夢の図書館

いま東京大学総合図書館の前庭に、巨大な穴が掘られつつある。直径二十五メートル、深さ四十メートルという超巨大な穴だ。十階建てのビルがスッポリおさまるような大きさといっていい。何をしているのかというと、ここに、新図書館を作るのだ。地下二階三階部分に、保存書籍三百万冊を収蔵する（現在本館収蔵書物数百二十万冊）全自動化書庫（世界の図書館がいま全自動化しつつある）を作る。地下一階には、学生が能動的学習に自由に用いることができる大きな空間（「ラーニング・コモンズ」）ができる。これが三年後に完成して、本館の書物の相当部分を移し終えたあと、本館の一大改修工事をはじめる。本館には基本的に学生の利用度が高い本を全館自由開架式で置く。学生は自由に書庫に入って本を引き出せるようになる。これと同時進行で進むのが、図書館のデジタル情報基盤化だ。いま大学で基本的に進行しているのが、デジタル情報化革命である。教育も研究もすでに相当部分がデジタル情報化されている。授業内容紹介（シラバス）からデジタル情報だから、コンピュータなしには大学生活は一歩も進まない。文系と理系でその進捗状況にかなり差があるが、理系はほとんどあらゆる情報がデジタル化されている（授業はパワーポイントで進められ、レポート提出もほとんどメールだ。すべての学会誌、すべての学術情報がすでに電子化されている）。研究イコール汗牛充棟の大量の文献と格闘という時代は、文系の一部学科をのぞくととっくに終っている。これからの図書館は、必然的にデジタル情報半分、アナログ情報半分のハイブリッド図書館にならざるをえない。これまでも図書館のデジタル情報利用はある程度進んでいたが、これからそれを本格化する。図書館が中心になって「読書の電子化」と「知の体系化」をドシドシ進めていく。既存の紙の書籍も電子化して、電子書籍として読めるようにする。

現代の書物の電子化の流れはMITのジェイコブソン教授の〝THE LAST BOOK〟構想（一九九七）からはじまっている。世界の書物を全部電子化してオンラインで送れるようにすれば、ユーザーは電子ペーパーでできた端末としての一冊の本を持つだけで、それをネットにつなぎ世界中のあらゆる本が読めるようになる。いまこの構想実現に向けて世界中の関係者が走り出している。権利問題などいろんな困難はあるが、そう遠くない将来に、この構想は実現し、世界中のあらゆる書物を電子的に読むことができる時代が来るだろう（日本ではさまざまの未解決問題があり若干遅れる）。すでに世界中の公共図書館が努力目標としてそのような時代をめざすことを合意しており、国際的にも国内的にも歴史的書物の電子化がどんどんはじめられている。

東大図書館もこの目標を共有し、書物の電子化を東大教授の著作物からどんどん進めようとしている。「読書の電子化」の最大の目標の一つが、学生への読むべき本の推薦（東大レコメンド）を組織的かつ各個人向けに行うことだ。そのような読書サービスをデジタル・キュレーションと名付けているが、その基本コンセプトを考案した石田英敬副館長と、集合知の専門家、前田邦宏氏（ユニークアイディ社）の構想を紹介しておくと、あらゆる書評ないし読書案内を集めたデータベースを作る。書評関連伝いに別の書評や別の典籍、キーワード（脚注）情報を集めて、それを集合知データを集める推薦エンジンと連動させる。するとその学生の個性、適性、目的に合わせて、この本を読んだらどうだという推薦情報がいくつも出てくる。それにひとつひとつ自分の「好き嫌い」反応をマークしていくと、やがて推薦エンジンが利用者好みにカスタマイズされて、自分に合った推薦をしてくれるようになる。さらに進んでは、ＶＲ（ヴァーチャルリアリティ）空間で、推薦図書をズラリとならべた個人向け特注の書棚が仮想空間に出てくるようになる（その本を取り出して実際に読むこともできる）。

さらに進んでは、いくつかの相異なる関心領域についてこれを繰り返していけば、一つ二つの書棚ではなく、本が沢山詰まった幾つもの書棚がならんだ何百冊ものブックフォレスト（書物の森）ができるし、さらにはその集積体、何千冊、何万冊のブックマウンテン（書物の山）を作ることもできる。

私はそのような未来を見越して、「これからの時代、我々はデジタル図書館技術を通じて、古代の書物を全部集めたとされるアレクサンドリア図書館の現代版を個人向け特注配列版としてヴァーチャルに持てるようになる」時代が来るのだと、東大図書館の未来図パンフレットに書いた。

しかし本というのは、不思議なもので、読めば読むほど、もっと読みたくなる。東大図書館よりもっと大きな大学図書館といえば、ハーバード大学のワイドナー記念図書館だが、その司書を長らく務めたマシュー・バトルズは、『図書館の興亡』の中で、同図書館の中をうろつきまわる本好き人間の心情について、こんなことを書いている。「書架に並ぶ膨大な量の書物を思うと、気が気でない。読めば読むほど自分の知識が乏しいように思える

――読んだ本の数が増えるにつれて、到底読みきれない本の数も無限に増えていく気がする……」

アルゼンチンの特異な作家J・L・ボルヘスは、「バベルの図書館」で、ほとんど無限の内部空間を持ち無限の本がならぶ図書館の中で、一生を送る司書たち（彼らは死ぬか発狂するまで図書館を出られない）の話を書いた。

次々にいくらでも増殖していく書物の山の世界をバベルの塔にたとえたのは、十九世紀のヴィクトル・ユーゴーだ。彼はグーテンベルク以来、作り出された書物を一冊残らず積み上げると、それが月まで届くと聞いて、書物世界を「人類が産んだ第二のバベルの塔」と呼んだ。「この驚異的な建造物はいつまでたっても完成されることはない。社会のあらゆる知的樹液をたゆみなく吸いあげるこの印刷機という巨大な機械は、建築に必要な新しい材料をひっきりなしに吐きだすのだ」（清水徹『書物について』）。

書物の集積がまた新しい書物を生む。それが知の世界における知の営みそのものだ。その究極はどこに行くのか。LAST BOOKのLASTはどこに行くのか。

高速通信技術、高速印刷技術の発展のスピードは恐るべきものがあり、今や、本一冊を丸ごとコピーで作っても、アッという間にすんでしまう。紙のコピーを作るまでもなく、コンテンツをデジタル情報として移すだけなら、数秒ですんでしまう時代だ。この技術の発達がどこまで進むのかまだ何ともいえないが、やがて書物一冊分のデジタル情報どころか、図書館一つ分の丸ごとデジタル情報ですら軽々と人から人へ容易に移転できる時代がそう遠くない将来に実現すると思う。アレクサンドリア図書館をヴァーチャルに誰でも持てる時代が多分本当にくるのだ。そのときこの世で最も必要とされる職業の一つが本のソムリエになるだろう。実人生の有限の時間の中で、次に何を読むべきかは、誰にとっても永遠に悩みのたねだ。さらにいうなら、オリジナルのコンテンツ情報だけは、いつまでたっても作り手がコツコツと手作り労働の集積として作り出さなければならない。それ故に、この世界だけは、そう簡単に値くずれを起すこともないだろう。この職業を選んでよかったと思うが、しかし、それも、買う人がいればこそである。ということで、読者に感謝しつつ今回の筆を置く。

出雲大社詣

出雲大社六十年ぶりの大遷宮とあって、出雲に空路出かけた。出雲大社を訪ねるのは、これで四回目か五回目になる。はじめて訪れたのは、二十九歳の秋。

芸大の建築科に進学した友人から、あれだけは一回ぜひとも見に行くべきだと出雲大社行きを強くすすめられた。「あんなすごいものは、日本中どこにもない。奈良も京都も問題にならない」と。

半信半疑だったが、あの巨大神殿を間近で見たとき、その存在感に圧倒された。

大社に隣接する島根県立古代出雲歴史博物館で、この大遷宮のすべてを伝える「出雲大社展」をやっていた。その展示の冒頭で、岡本太郎がはじめて大社を訪れたときの印象が紹介されている。

「真前から、真後から、ぐるぐる周囲を廻ってみると、簡潔な部分々々と、壮大な全体の重さ、その均衡がすばらしい。日本の過去の建築物で、これほど私をひきつけるものはなかった。この野蛮な凄み、迫力。──恐らく日本建築美の最高の表現だろう」

「野蛮な」とは思わないが、「凄みと迫力」という表現には全く同感だ。私も圧倒されて巨大な社の周囲をぐるぐる何度も廻った。何がすごいといって、屋根の端から突き出している千木《ちぎ》の先端部分が空にぐさりと突き刺さっているかのように見えるところがすごい。千木を見上げ、視野いっぱいに千木を入れたままグルグルまわりをすると、頭がクラクラしてくる。平安時代、寂蓮法師が、「天雲たな引《びく》山のなかばまで、かたそぎ（千木のこと）の見えけるなん、此世の事とも覚えざりける」と書いた気持がわかる。

この大遷宮で何より驚くべきことは、これが伊勢神宮の式年遷宮で行われるような「建て替え」ではなくて、あくまでも「修造」であるということだ。部材を一つ一つバラして慎重に検討し、再使用可能なものは釘一本ですら再使用する。この修造はいわば壮大なリサイクル事業といってよい。リサイクルばやりの現代だからそうするというのではない。出雲大社は昔からそうしてきた。現在の本殿は基本的に一七四四年（延享）に造営されたものだ。その後今日までに、一八〇九年（文化）、一八八一年（明治）、一九五三年（昭和）に大修造をしてきたが、そのたびにもう一度使えるものは、何度も再利用してきた。今回、目立つところでは、屋根の上の千木と勝男木《かつおぎ》（千木と千木の間に置かれている丸太のような部材）を全部下ろして調べた結果、それを包んでいる銅板は傷みが激しく全部取りかえることになった（前回の昭和修造は占領直後。日本はまだ貧しく物資不足で塗装が不充分だった）。内部の木材は勝男木は樹液がまだ生きていたので、そのまま使うことにした。千木は二本を取りかえたが、あとの二本は再使用。神殿内部の柱も全部は交換せず、傷んだ部分だけ新しい部材を継ぎ足す「根継《ねつ》ぎ」で補った。土間の三和土《たたき》ですら、上質土の部分を篩《ふるい》にかけて再利用した。

今回の修造で最大の作業は、本殿大屋根の修復だった。この屋根は檜の樹皮（ひわだ）で葺かれているが、これを全面的に葺きかえた。古来日本建築の最高級屋根は檜皮葺《ひわだ》き。日本の三大檜皮葺きは、京都御所、善光寺、出雲大社といわれる。中で超特大の屋根がこの本殿で、面積五百八十四平方メートル。一枚二ミリの皮を何枚も重ね竹釘で止めていく。平均して、二、三十センチ。厚いところは、六十センチ、九十センチに及ぶ（厚さを変えることで微妙なカーブを作り出す）。葺きかえにあたって屋根をばらしてみると昭和修造分の檜皮の下から明治修造分の皮が出てきたところがあり、大社が昔からリサイクル修造をしてきたことが立証された。先の出雲大社展で最後の展示物としてならべられていたのが、厚さ四十五センチの本殿屋根の一部。これが無数の檜皮を一枚一枚竹釘で叩き合わせて作られた匠の技であることが一見して見てとれる貴重な展示物となっている。今回補修に使われた檜皮は約七十万枚、四十一トンにも及ぶ。この皮はだいぶ前から全国の檜林で採取され蓄蔵されてきたものだが、樹皮をただむいたものではない。樹齢八十年以上の樹の皮をいったんむき、それから八年後に、再生してくる新しい黒皮のみを使う。一坪葺くのに十五本の檜がいるそうで、大変な手間とコストがかかる。コストは九八年実績（善光寺）で坪五十万円かかったそうで銅屋根の十倍にもなる（藤森照信「建築の素《もと》・樹皮」）。

今回の修造のもう一つの大きな特徴は、すべてのプロセスを一般公開の形で公衆の眼にさらしながら行ったこと。修造期間中、祭神のオオクニヌシは、本殿の隣に作られた「御仮殿」に移動（二〇〇八年四月）し、修造が終る（二〇一三年五月）までそこにとどまった。その間、本殿は空っぽになり、いわば神さま不在になったので、そこを「特別昇殿拝観」という形で、四十日間にもわたって公開した。それを見ようと二十七万人が押しかけ、五時間待ちの行列ができた。修造の作業がつづいている間も、九十日間にわたって「修造拝観」を催した。これにも十三万人が詰めかけ宮大工たちの根をつめた作業を見た。

大社も情報公開の時代に合わせて進化したということだろう。情報公開の背景には、修造にかかる費用の相当部分が公費から出ているということがある。遷宮の総事業費八十億円のうち約三十億円が修造にかかる費用だが、修造されるものの大半が国指定の重要文化財である。保全義務が国（文化庁）にあるから、その分については、国から六割五分の補助が出る。県や市からも、相当の補助が出るが、何といっても大変なのは大社の自己負担。補助は基本的に文化財保全のための修造費について出るのであって、その他もろもろの事業費はすべて大社が負担する。大社は早くから今日あるにそなえて「御遷宮奉賛会」を作って資金集めをしてきた。出雲大社は昔から出雲の地域宗教にとどまらず、全国的な信仰を集めてきた。大社から「御師《おし》」と呼ばれる布教師が各地をまわり、各地に講組織を作って大社参りを呼びかけるなどの活動を長く継続してきた。その延長で大社は信者と資金の動員力を今も相当に持っている。

その動員力の一角をになっているのが、医療医薬関係。オオクニヌシは、イナバの白ウサギのエピソードに見るように医療的ケアの先駆者である。昔から医療医薬品の神様とみなされ、その方面との結びつきも強い。そういう流れの一つとして、今回の屋根材の廃棄部分を炭化させて、建築中だった島根大学付属病院の病室の天井に置く（空気浄化プラス霊験期待？）という試みもなされている。実は今回の「大社展」の最初の展示物が青木繁二十二歳時の傑作「大穴牟知命《おおなむちのみこと》」という作品。これはオオクニヌシをうらんだ兄の八十神が、猪に似た巨石を火で焼いて山の上からころがし、これを受けとめさせて焼き殺さんとしたというエピソードを描いた作品。母の願いで赤貝の女神（キサガイヒメ）と蛤の女神（ウムギヒメ）が天降り、オッパイ（貝汁）を火傷に塗ることで、これを癒し蘇生させる場面。焼けただれたオオクニヌシの裸体とウムギヒメの白い胸乳とが見事なコントラストをなすエロスの香りただよう傑作だ。このエピソードからウムギヒメとキサガイヒメは、「看護医療、看護師の祖」とみなされ、島根大学医学部看護学科のシンボルになっている。島根大学付属病院に置かれるのは、大社の本殿のすぐ脇にある摂社天前社の屋根を炭化させたもの。この社こそ、二人のヒメを祀ったものだからだ。オオクニヌシはこんなところで現代医学の最先端とも結びついているのかと驚いた。

III　知の新時代へ

麻酔とボーイング787

歯医者に行ったら、小臼歯をグイグイ押されて、「これは抜かなきゃダメです」と冷たく宣告された。「いつがいいですか」。前に同じ歯医者で親不知を抜いたときのすさまじい大手術を思い出して、油汗がタラリタラリと出るばかり。「麻酔をかけるから大丈夫です。痛くありません。これだけグラグラならすぐ抜けます」。この前もそういわれたが、ペンチで歯をつかんで力まかせに引っ張っているのではないかと思うくらい痛かった。

その前日に麻酔技術の発達史を書いたS・J・スノウ『我らに麻酔の祝福あれ』（メディカル・サイエンス・インターナショナル）を読んだばかりだった。麻酔がない時代（本格麻酔は十九世紀中葉から）、麻酔なしの手術がどれほど恐るべき行為だったかがよく書かれている。

「私は金切り声を上げはじめ、切開の間中、叫び続けました。本当に死ぬかと思うほどの激痛でした。……胸の骨にナイフが当るのがわかりました。ゴリゴリとこそげています」〈＝乳腺腫瘍で乳房切除された女性患者の体験談〉

このような苦しみを与えずにあらゆる手術を可能にした麻酔の開発は十九世紀医学最大の進歩といってよい。

しかしこの麻酔なるもの、よく使われているが、実は必ずしもなぜ効くのかわかっていない。麻酔科医の外須《ほかす》美夫《みお》の『麻酔はなぜ効くのか？』（春秋社）にこうある。

「実は、病院で使われている麻酔にはなぜ効くのか解明されていないものがあります」

「もう一度聞きますが本当に解明されていないのですか」

「はい解明されていません」（略）

「解明されていないのに大丈夫ですか」

「はい大丈夫です。麻酔は効きますから」

麻酔は効くかどうかが大事で、なぜ効くか、理由はとりあえずわからなくてよいということだ。現代社会はすべてプラグマティズム（理屈より実践的行動）で動いている。ワケがわからなくても、結果よければすべてよしなのだ。クスリは効けばよいのである。薬理学、薬物学の教科書を読むとすぐにわかるが、そのクスリがなぜ効くのか、理論的にキチンと説明がついているクスリは必ずしも多くない。最新の抗ガン剤の分子標的薬なら、ガン遺伝子の発現過程をどうブロックするかなど、キチンと設計して人工的に作り出したクスリだから、その通りに効く。しかしそういうクスリはむしろ例外的で、伝統的クスリは一般的に人類社会の長い長い英知の積み上げで伝承されてきた自然の薬物効果に端を発しているものが多い。理屈は二の次で、効くか効かないかの実証が大事なのだ。

ボーイング787のリチウムイオン電池発煙事故と、その後の運航停止問題。運航再開をめぐる是々非々論があった。原因究明がすまないうちに運航を再開していいのかという議論だ。この問題に興味をそそられ、羽田空港にJALエンジニアリングの北田裕一技術部長を訪ねた。

787のリチウムイオン電池の事故は、アメリカのボストン空港（現地時間一月七日JAL機）と日本の高松空港（一月十六日ANA機）で、ほとんど立て続けに起きた。いずれも火災寸前のところで処置されたから大事にいたらなかったが、処置がもっと遅れていたらどうなっていたかわからない。いずれもリチウムイオン電池の一部のセルの異常発熱が第一原因ということはわかったが、その異常発熱が何に起因したのかはいまだにわからない。

それにもかかわらず、充分な安全策が講じられたから、今後同様の事故が起る恐れはないと認定され、アメリカのＦＡＡ（連邦航空局）と日本の国土交通省航空局から運航再開の許可が出た。それを受けて、ＪＡＬもＡＮＡも二〇一三年六月一日から７８７による定期便の運航を再開して今日にいたっている。再開後一カ月近くたつが、これまでのところ順調にフライトがつづいている。多少のトラブル（運航遅延・休止を含む）はあったが、バッテリー本体に起因するものは何もない。

運航再開以来、乗客の間に不安の声がかなりあったので、ＪＡＬでは特別問い合わせ窓口を設け、ホームページ上でバッテリー事故の原因と対策を詳しく説明した。

運航再開した日、ＴＶ各局が乗客にインタビューすると、事故の原因が究明されていないのにフライトを再開したことに不安と不信の念をもらす人が少なからずいた。

しかし、北田部長に長時間にわたり質問をぶつけた結果、「なんの心配もいりません。改修されたバッテリーシステムは安全です」の説明に私は納得できた。そもそも「飛行機の通常運航ではバッテリーは使用されていません。飛んでいる最中にバッテリーが機能停止しても、それで飛行機が飛べなくなることはありません。そこが自動車とは全くちがうところです。自動車はバッテリーの機能が停止するとプラグが点火せずたちまちエンストですが、飛行機はちがいます。エンジンがプラグ点火方式ではありません。エンジンがまわっている間は、エンジンに直結した発電機が四台あって、必要な電気は常時全部自分で起していますから、通常運航中、バッテリーは使用されていないのです」というのだ。

「バッテリーの担う役割はきわめて限定的です。バッテリーが使用されるのは、たとえば補助動力装置を始動させるとき。自力で走行できず牽引車に引っ張ってもらっているときなど、ごくごく限られた時間帯だけです。飛行中にバッテリーに不具合が起きても、目的地までの飛行継続が可能です。また旅客機は、万一のことを想定して飛行しており、必ず緊急避難が可能なルートしか飛びません。そして緊急避難に必要な燃料は必ず残しながら飛ぶんです。したがって、万一の場合でも、最寄りの飛行場に安全に着陸することができるのです」。

「恐いのは、バッテリーが火を噴いて火災を起すことです。今回はその寸前までいってしまった。二度とあってはなりません。そこでボーイング社がとった対策は、考えうるありとあらゆる原因に対して、製造工程、検査過程まで含めて、完全な原因根絶の手を二重三重に打つことでした。次にそれでも不測の事態の連続で、万一セルが高熱を発するような事態が起きたとしても、それを局所（セル一つ単位）に封じ込め拡散させない手を打ちました。それでもさらに、万万が一火を噴くような事態が起きたとしても、それをバッテリーシステムには絶対波及させない完全封じ込め対策をとりました（バッテリーシステムを強固なステンレスケースに入れ、万一の場合完全に酸素を遮断し即鎮火させる。独自の排気ダクトをつけて、煙熱なども一切機内に出させない）」

要するに今回の事故原因をあくまで追及してその特定の原因を断つことに熱中するのではなく、ありとあらゆるバッテリー事故を想定してそのすべてに対して完全防止対策を施したということなのである。考えうる事態としては全部で百をこすケースを数えあげている。理論的に考えて、これ以上の何かが起ることは考えられないという。

事故の原因は分子レベルの化学反応過程にある可能性が考えられ、厳密な原因特定には一年以上の時間がかかるので、危険ゼロの実現を優先させたということだ。聞けば聞くほど、そこまでやるのかと思うほどの手が打たれており、これはプラグマティズムの極致のような対策だと思った。あとは時間をかけて、実績で安心感を取り戻すしかあるまい。

どんなことでも、心配しすぎるのはよくない。私の小臼歯も、チクという痛みだけですぐ麻酔が効き、十分もかからずに、歯はきれいに抜けた。いまは痛みゼロで普通にモノを食べている。

行動する博物館

東京駅前にあった旧東京中央郵便局が、再開発されてＪＰタワーという超高層ビル（地上三十八階）に生まれ変った。旧局舎は戦前の名建築。重要文化財として残すべしの声が建築家・建築学会などからさかんに上がった。時の総務大臣鳩山邦夫も、このような文化財をつぶすのは、「トキを焼き鳥にして食べるようなもの」と批判した。

できたビルが意外に評判がよいと聞いて見物にでかけた。商業施設、ビジネスオフィスなどは何の変哲もないただのビルだが、二階・三階をほぼ独占する「インターメディアテク」なるものが、なんとも不思議な公共空間を作り出している。この妙な名前の空間、ＪＰタワー（日本郵政）と東京大学が共同で作り出した全く新しいタイプの「学術文化総合ミュージアム」なのだそうだ。ミュージアムといっても、入場料も入場券もいらない。完全オープンで出入り自由の空間だ。手続きは何もいらない。勝手に入って勝手に出ていけばよい。基本は広大で多様な展示スペースを利用したいろんな展示。

なにがあるのかといえば、一見なんとも不思議な珍らかなるものの数々とでもいえばよいだろうか。一目見ただけで、「ヘェーこれは何だ」と思わず声が出てしまいそうなものが、沢山ならんでいる。説明は最小限。普通の博物館のような「お勉強空間」的雰囲気はまるでない。見てビックリの陳列が基本なのだ。

絶滅巨鳥エピオルニスの骨格。モアの卵。世界最大のワニ・マチカネワニ（なんと日本産。日本神話で出産時の姿がワニであることを見られたため海に帰ったトヨタマヒメの一族ともいう。レプリカ）。ペルーで発見された南北アメリカ最古の金製王冠。世界最大金塊と世界最大白金塊（どちらも原鉱石レプリカ）。十九世紀に存在した世界著名ダイヤモンド全レプリカ。人類進化史を塗りかえたラミダス原人の歯。本郷弥生町で掘り出された弥生式土器第一号などなど、ヘェー！の連続。驚きはこれがすべて大学の中にころがっていたということ。東大はある意味宝の山なのだ。

この不思議空間を演出したのは、東大の総合研究博物館・館長の西野嘉章氏。西野氏は、『二十一世紀博物館』『モバイルミュージアム　行動する博物館』など沢山の著書を持つ博物館学の第一人者。東大に埋もれる宝の山をいちばんよく知る人。

西野氏は館長として、さまざまのテーマで年数度のユニークな企画展やシンポジウムなど（その情報コンテンツはたいてい書物一冊分以上）をオーガナイズしてきたから、その情報発信量は東大教授の中でもきわ立って大きい。なかでもよく知られている企画展は、一九九七年に安田講堂と附属図書館を縦横に使って開かれた東京大学創立百二十周年記念展「学問のアルケオロジー（考古学）」。東京大学は、明治十年に、幕末に成立していた二つの学問所、開成学校と東京医学校を合体させる形で発足した。といっても、教育研究の水準は当時きわめて低く、西欧列強の水準に追いつくにはまだ多年の努力が必要だった。はじめは超高額の給料を払って来てもらったお雇い外国人の教授に何から何まで教えてもらった。海外にどんどん留学生を送り出したが、彼らが帰国して日本人が自らの手で日本人を教育できる体制がととのうまでには、何十年もかかった。その時代の学問の草創期の労苦の跡が東大のいたるところにさまざまの学術資料の形で残っている。それが、このインターメディアテクに展示されている東大コレクションと呼ばれる事物の起源である。つまりこれは日本国の文明開化の歴史そのものなのだ。日本最初の大学生たちが、これらの現物を手に取り勉強した。

あらゆる学問がコレクションを背景に成立している。動物学は動物の、植物学は植物の、鉱物学は鉱物の、いわゆる学用標本といわれるものがそれだ。最初のコレクションは外国人教師が本国から手にたずさえてきた。しかし教える内容がグレードアップするたびにより多くの教材が必要になり、明治政府はそれをどんどん購入した。

この「インターメディアテク」には西野氏が展開してきたさまざまの「行動する博物館」の要素がいっぱいに詰めこまれているが、その中核にあるのが、東大コレクション。学問はすべてコレクションからはじまり、学問の発展とともにコレクションも膨張してきたから、東大はいたるところコレクションの山だ。かつてそれら貴重なコレクションが、学術資料収蔵庫の奥で眠っていたり、収蔵庫のスペースが足りなくなったなどの理由で、「学術廃棄物」として処分されたりしていた。あるとき、西野氏は学内のゴミ出しの日に、不用になったコレクションや、過去の研究で使用された研究用備品・実験道具・研究試作物などが捨てられているのを発見。それらのものを拾い集めて集積していけば、いずれ学問の歴史をたどる「学問の考古学」が成立すると考えた。研究者に無用の長物となったものが、博物館学者にとっては、ノドから手が出るほど欲しい宝の山だった。そして、小石川植物園内にあった総合研究博物館の分館にどんどん貯めこんでいったら、本当に小さな学術博物館のようなものができて、それがどんどん成長しはじめた。それをもとに東大創立百二十周年記念事業の「学問のアルケオロジー」がはじまった（個人的ゴミ集めが全学的学問の歴史資料集めになった）。それがひいては、このＪＰタワーの東大コレクションの根幹部分になったわけだ。私がなぜこんなことを知っているのかというと、その時代の西野氏に何度か取材でお会いして、ゴミ集め時代のご苦労から、小石川分館（実は草創期の医学校本館を移築）内に展示されていた初期コレクションの成長のありさまを、現在進行形の形でウォッチしてきたからである。

この日はＪＰタワーにつづけて、横浜のパシフィコ横浜に、特別展「マンモス『ＹＵＫＡ』」を見にいった。シベリアのサハ共和国の永久凍土帯で、二〇一〇年に約三万九千年前の少女マンモスの遺体が完全冷凍状態で発見された。マンモスの骨はこれまで山のように発見されているが、完全冷凍状態でほとんど全身（鼻の先から尻尾の先まで）がそのまま、掘り出されたのはきわめて稀。

軟らかい肉質の部分が残っていたのはもちろん、なんと頭蓋骨を切り開くと、脳を丸ごと取り出すことができた。これは世界初（この取り出し作業の映像記録が全部見られるのは驚き）。胃腸の中身や糞ももちろん残っており、何を食べていたかなど、マンモスの生態が詳しく調べられている。

そのすべてがこのたび読売新聞と日本テレビの手によって、日本に運んでこられ、一大博覧会として公開されている。

夏休み中とあって子供たちが沢山来ていた。展示パネルも実にわかりやすく作られている。ビックリしたのは、マンモスの毛の展示で、プラスチックパネルの穴を通して誰でも手で直接さわれた（ただし指先だけ）こと。マンモスの牙も両手で順番にかかえることができた。現代のミュージアムには、直接体験的要素がどんどん取り入れられているのだ。

マンモスの毛に直接指でさわれる効能はきわめて大きい。指先に毛が触れた瞬間、数万年の時空が一瞬のうちに圧縮された思いがして、自分の指の先に四万年前のマンモスがいることを実感させられた。人間の持つ感覚器官で、最も入力情報量が多いのは視覚の眼だが、次いで多いのは、指先の触覚だ。どちらも百万本単位の神経の束が情報を運んでいる。指先にはマイスナー小体、パチニ小体、ルフィニ小体、メルケル触盤など多種多様なセンサーが、ギッシリとならんでいる。接触覚、分布圧覚、すべり覚など多様な感覚を伝えている。しかも視覚のように受容感覚を伝えるパッシブ・センサーとして働くだけでなく自ら外界に働きかけて反応を受けとるアクティブ・センサーの役割も果すのでその情報量はきわだって大きい。マンモスの毛を眼で見ただけでは何の感慨も湧いてこないが、指で触ってほんのちょっと指を動かすだけでなんともいえない特別の感慨が湧いてくるのはそのせいだ。

西野氏は、各種ミュージアムの、巨大マスコミが旗振り役になって展開する客寄せイベントとしての特別展に否定的のようだが、私はそれも否定しない。巨大マスコミが可能にしてくれたこの特別展は何ものにも代えがたいリアルな体験を人々に与えてくれたと思う。我が指による触覚体験は、万巻の書を読むよりははるかに沢山の情報を与えてくれた。大脳皮質最大の領域の一つが指先の触覚情報にあることを痛感した。

赤とんぼと戦争

四十年前からパリに住み、欧米の映画・演劇・オペラ・CF・ビデオクリップなどの業界で、世界を股にかけた活動をつづけている特殊メーキャップ・アーティストのレイコ・クルックさんがこのほど（二〇一三年八月）本を出した。日本では必ずしも知られていないが、クルックさんは、フランスでは政府から芸術文化勲章（日本の文化勲章みたいなもの）を受けた（二〇一一年）ほどの著名人だ。

本のタイトルは『赤とんぼ』（長崎文献社）。昆虫の赤とんぼではない。あの戦争の時代、日本中の空を舞っていた赤塗りの訓練用練習機の俗称。木製の骨格に帆布ばりの翼をつけた軽量二人乗り複葉機。エンジンは三百四十馬力、最大速度二百十キロ。

昭和十四年、長崎県諫早市のレイコさんの家のすぐ近くに、逓信省航空局航空機乗員養成所ができた。十二〜十九歳の少年を生徒として受け入れる、民間パイロット養成を目的とする施設だった（同様のものを全国十五カ所に設置）。しかし戦争が厳しくなった昭和十九年以降、この施設は丸ごと海軍に接収され、大村海軍航空隊所属の軍の養成所になった。さらに昭和二十年五月以降は、第五航空艦隊に編入され特攻作戦の一翼をになわされた。

レイコさんの父親が養成所のある村の村長だったため、レイコさん一家と養成所の職員・生徒との間に交流が必然的に生まれた。当時十歳のレイコさんは、養成所の内部を非公式に見学させてもらったり、「赤とんぼ」にちょっと同乗させてもらって、空から家の周辺をながめたりした。レイコさんにとって、「赤とんぼ」に乗ったことは一生忘れられない夢のような体験だった。

『赤とんぼ』は、小説仕立てではあるが、書かれていることは、ほぼありのままの事実だ。レイコさんは、少女の目を通してあの時代（一九四五年前後）の歴史を語りたいと思ったという。なかんずく書きたいと思ったのは、いまなお耳の底に残っている二つの悲鳴。一つは、養成所が特攻兵の養成に乗り出し、いよいよ明日出征ということになった十八歳の生徒の出征祝いの宴があった晩のこと。酒に酔いすぎて、外に出てきた生徒は、レイコさんがものかげから見ているとも知らず、腹巻きから写真を取り出した。

「家族の写真だろうか？／じっと見つめていた青年が声を押し殺してすすり泣きはじめた。

／一瞬、青年の息づかいがピタッと止まって静寂がきたと思う間もなく、／ヒ〜〜〜〜ッ／と笛のような音が、部屋の空気を引き裂いた。／この悲鳴は人の体のどこから出るのか？ 桂子（レイコさんのこと）の鼓膜を突き抜け胸にとどめを刺した。／青年は額を壁にぶちつけて慟哭しはじめた。／漆喰の壁が鈍い音を立てた」

この八月四日に、長崎でレイコ・クルックさんを迎えて『赤とんぼ』の出版記念シンポジウム「『戦争と人間』を考える」が開かれ、私もパネリストの一人として招かれた。するとそこに全く思いがけないことに、『赤とんぼ』の舞台であった諫早航空機乗員養成所に生徒として在籍していたという大田大穣《だいじよう》氏（現在長崎市の皓臺《こうたい》寺住職）が出席しておられ、その貴重なお話をうかがうことができた。大田氏は、その頃特攻志願を問われていたら戦争の大義を信じていたから志願していただろうという。しかし戦後は大学に入り直し（京都大学哲学科）、卒業後は同大学院を経て永平寺に入り、曹洞宗の僧となった（現永平寺顧問）。

大田氏によると、『赤とんぼ』に書かれていることは、みな実際にあった話だという。『赤とんぼ』によると、このことがあったのは、一九四五年五月。沖縄にはすでに連合国軍が上陸していた。それを迎え討つ日本側は「陸海軍全機特攻化」を決定し、陸海軍それそれに連日の特攻攻撃を繰り返した。この特攻作戦全体が、楠木正成の旗印にちなんで菊水作戦と名付けられ、第一号（四月六〜十一日）から第十号（六月二十一〜二十二日）まで波状的に行われた。五月といえば、菊水作戦の五号、六号、七号、八号が展開されたピークの月である。その間に動員された海軍特攻機は五号が百六十機。六号八十六機。七号百七機。八号五十一機に及んだ。この頃からまともな飛行機が足りなくなり、全国から練習機が動員されるようになっていた。諫早から行った赤とんぼもその中に入っていた。沖縄で組織的な戦闘が終った六月二十三日以後も、赤とんぼによる特攻はなおもつづいた。最後の特攻攻撃の戦果は、歴史上七月二十九日の赤とんぼによる駆逐艦「キャラハン」の撃沈だったとされるが、これは宮古島を飛び立った七機の赤とんぼによるもので、その中に諫早養成所の先輩もいたという（大田氏談）。

「赤とんぼは木製骨格でキャンバス（帆布）だからレーダーに映らない。それに二百五十キロ爆弾を積むとヨタヨタで時速百キロも出ません。あまり遅いので砲を撃っても、狙いがズレて当りません。当ってもキャンバス製だから、弾は突き抜けて墜ちません。だから特攻の成功率が高かったんです」と大田氏はいう。

レイコ・クルックさんが『赤とんぼ』で書きたかったもう一つの悲鳴は、彼女の従妹従妹の良子一家は爆心地近くの浦上に住んでいた。気がつくと母親は爆風で井戸のとこでジョキジョキ切りはじめた。／人形の髪を切りながら、桂子もたまらず泣きはじめた」いる人形を取ってきた。／良子の側ににじり寄り、人形を膝にはさみこむと、その黒髪を鋏現象を目の前にして、その不気味さに体が震えた」「桂子はふたりのいちばん大事にして泣き叫ぶ。／桂子はとっさに何が起こったのかわからなかったが、想像を超える恐ろしい「お化けの正体が自分だということを知った良子は、恐怖に目を見開き息を引きつらせてたのだ。

髪をすいたとたん、黒髪が被爆の後遺症でゴッソリ抜けてお化けのようになってしまっか！／櫛の幅にごっそり髪が抜け、ムキだしになった頭」

が握りしめているツゲの櫛に、ざっくりと黒い髪のかたまりが絡みついているではない「空気を引き裂くような、甲高い悲鳴が天井を突き上げ部屋の空気が凍りついた。／良子ているとき、従妹がつんざくような悲鳴をあげた。

るほど、いつもべったりだった。ある夜、風呂に入って湯上りに鏡の前で髪をくしけずっレイコさんは二つ年下の従妹を昔から特にかわいがり、二人はシャム双生児とひやかされ（良子）があげた悲鳴だった。従妹の一家は長崎で被爆し、諫早の家に身を寄せていた。

ろまで吹き飛ばされていた。「体も動かんし、目も血でふさがっとったし、お母さん死んどったとよ」爆心よりの兵器工場に行っていた姉は、遺体も遺品も何も見つからなかった。工場では鉄も溶けていた。姉の運命を問われると、「お姉ちゃん、溶けたとよ」とひとことといって良子は口を結んだ。そのあとレイコさんの家にいる間に良子は元気を取り戻して、笑い顔を見せるようになっていたというのに、突然に自分の髪がごそっと抜け落ちたのだ。

そのあとも、言葉も出ないような描写がつづくが、ここではこれ以上紹介しているゆとりがない。最後に紹介しておきたいのは、彼女のこの本を書いての感想だ。

「この昔話を、とくに戦争を知らない若い人たち」と「最近怪しげな『国粋主義』を煽りはじめた強者たちにも、ぜひ読んでいただきたいと思って」書いたのだという。

私が付け加えたいと思うのは、日本が八月十五日に戦争をやめなかったらどうなっていたかだ。本土決戦の「決号作戦」計画によると、日本に残っていた飛行機の最大の機種はもはや赤とんぼだけだった。これを全部かき集めると二千五百機あり、これを全部本土決戦での特攻作戦に突っ込む予定だったという。

アイヒマンは凡人だったか

近く公開になる「ハンナ・アーレント」という映画のマスコミ試写に行ってきた。内容が重い映画で、エンドマークが出てもしばらく立ち上がれなかった。

最終場面でのハンナの授業が圧巻だ。八分間にも及ぶハンナの反論スピーチと学生たちとの丁丁発止のやりとりが見事だ。近頃評判の××教授のハーバード講義のようなショー的要素は一切ない。直球勝負で中身の濃さはあれの数倍上。立ち上がれなかったのは、頭の中で彼女の言葉を反芻《はんすう》する時間が必要だったからだ。

ハンナ・アーレントといえば、『全体主義の起源』(一九五一)で、一躍世界的に有名になった二十世紀後半を代表する政治哲学・人間哲学者。ナチズムとスターリン主義と、二十世紀を支配した二つの恐怖政治機構を、「全体主義」の一語で一くくりにしてその同質性を衝いた。二つの社会は、よって立つ政治的イデオロギーこそちがえ、統治技術的には、どちらもパワーの基盤を秘密警察と強制収容所に置く、恐怖政治的専制支配体制だった。歴史をたどると、広大な植民地を軍事力と警察力で専制的に支配した十九世紀のヨーロッパ帝国主義も同根で、すべては全体主義なのだ。

映画は、ハンナ・アーレントのもう一つの主著『イェルサレムのアイヒマン』にまつわる話。一九六一年、アルゼンチンでモサドに逮捕されたアイヒマンはイスラエルの首都エルサレムで公開裁判にかけられる。ハンナはドイツ生まれのユダヤ人。戦時中パリにいてシオニズム運動に身を投じた。ドイツ占領下では強制収容所に抑留された。脱走してアメリカに亡命したが十八年間無国籍状態だった。ナチズム研究者としてぜひ裁判を見たいと思い、雑誌「ニューヨーカー」と交渉して派遣レポーターになる。

「あのアーレントが傍聴記録を書きたいと」「『全体主義の起源』の著者だぞ」「今世紀最も重要な本だ」。交渉はただちに成立。ハンナはエルサレムに向う。

アイヒマンが凶悪な悪の権化（「メフィスト」）であるかのようなイメージをふくらませていたハンナは、防弾ガラスの檻の中で淡々と証言をつづけるアイヒマンを見て、チッポケな小官僚的言動（責任はすべて命令者の上司にあり自分は命令を執行しただけ。責任なし）にショックを受ける。「凶悪とは違う。違うのよ」「不気味とは程遠い、平凡な人」「どこにでもいる人。怖いほど凡人なの」「彼はメフィストとはちがう」。

その印象を正直に綴った傍聴記「イェルサレムのアイヒマン　悪の陳腐さについての報告」は、大反響（囂囂《ごうごう》たる非難の嵐）を呼び起した。なぜアイヒマンのような平凡きわまりない人物があれほど残虐な罪を犯せたのか。それは彼が何も考えなかったからだ（無思考が最大の特性）。小官僚たちが無批判に命令を受け取り、命令されたことをその通りに実行することだけに熱中した結果として、システム全体がとてつもなく巨大な悪の執行機関となってしまった。現代社会に巣くう巨大悪出現の謎を追求した論文が、アイヒマンを「命令に従っただけの凡人」と免罪するのが目的の論文と受け取られた。同じ論文の中で、ハンナはユダヤ人社会の長老たちがナチスに協力して、誰を強制収容所に送り、誰は送らないのかの名簿作りにたずさわったことを批判した。「ユダヤ人指導者たちのこの役割は、ユダヤ人にとっては疑いもなくこの暗澹たる物語全体の中でも最も暗澹とした一章である」。長老たちの協力がなければ、ホロコーストの犠牲者もあそこまで多くならなかっただろう。こう書いたとき、アメリカのユダヤ人コミュニティ、とりわけユダヤ人が多いニューヨークにおいて、ハンナは「同胞を軽蔑するナチスの擁護者」のレッテルを貼られ、ボロボロに叩かれた。多くの長い付き合いのある友人たちも次々に離れた。その一人が、最終場面で教室に最後まで残って、「今日でハイデガーの愛弟子とはお別れだ」と告げるハンス・ヨナス（高名な生命倫理学者・グノーシス思想の研究家）だ。二人はマールブルク大学の同窓生。『存在と時間』の執筆と講義をはじめていた絶頂期のハイデガーの相弟子だった。二人はナチスに傾きかけていたハイデガー（後に入党してナチスに忠誠を誓いフライブルク大学長に）に愛想をつかして共にドイツを離れた。ハンナはパリでシオニズム運動に身を投じ、ヨナスはイギリスに向い英軍ユダヤ旅団の一兵として戦争が終るまで戦った。しかし戦争が終って故郷に帰り発見したことは、母親がとうにアウシュヴィッツで殺されていたということだった。そういう背景事情を知ってみると、「我々は大虐殺の共犯なのか？　ドイツ人は君を裏切ったんだぞ。君も殺されていたかもしれない。移送の担当は君の親友アイヒマンだ」のヨナスのセリフも別の響きをもって聞こえるだろう。

この映画のもう一つの大きなサブストーリーは、ハンナ・アーレントとハイデガーの間の秘められた愛というか情事である。映画の中では、それは幾つかの脈絡のつかないカットバックシーンでしか示されていないが、これは全部史実である。この事実をはじめて明るみに出したE・エティンガー『アーレントとハイデガー』には次のようにある。「1995年に出版された本書は、センセーショナルな反応を惹き起こした。なぜか？

従来の見方に反して、二人の恋が一過性の若気の至りどころか、4年にわたるきわめて情熱的な、そして不幸な愛の物語だったからである」。

ハンナ・アーレントに興味を持たれたら、この本と『アーレント=ハイデガー往復書簡』、それにE・Y・ブルーエル『ハンナ・アーレント伝』をお読みになるといい。映画がどれほど事実をはしょるかを知って、やはり本格情報は書物にかぎると思うだろう。同じような意味で、映画「ハンナ・アーレント」より書物『イェルサレムのアイヒマン』のほうがはるかにおすすめだ。そしてその最終章におさめられたアイヒマンの絞首台に上がる数分前の最後の言葉、「もう少ししたら、皆さん、どっちみちわれわれはみな再会するのです。それは人間の運命です。私は生きていたときGottgläubigだった。Gottgläubigのまま私は死にます」(これは普通にナチが使っていた表現で、自分はクリスチャンではなく、死後の生を信じていないの意味だとハンナは注釈をつけている)。

この最後の言葉をもってしても、私にはアイヒマンがハンナの言うがごとき、平凡きわまりない凡人だったとはとても思えない。アウシュヴィッツの収容所長、ルドルフ・ヘスもその回想録で次のように書いている。「私はアイヒマンから、この『最終的解決』に関する彼の本当の信念を聞き出そうと、あらゆる手を尽くしてみた。しかし、めちゃくちゃに酔っ払った時でも、アイヒマンはまるで憑かれたように手のとどくかぎりのユダヤ人を一人残らず抹殺せよ、とまくしたてるのだった。仮借なく、氷のような冷酷さで」。

やはりアイヒマンはただの凡人ではなく、モンスター的ニヒリストだったと思う。

映画の相当部分が生のアイヒマン裁判の法廷記録である。それは今見ようと思ったら、YouTube上で誰でも見られる（二百時間分）。スピルバーグが、映画『シンドラーのリスト』などで得た収益をつぎこんで作った財団の手で、この全記録（他のホロコースト関連映像も）を買い取り無償で完全に公開しているのだ。アイヒマンの生の表情を見るたび、これは凡人かモンスターか考えてしまう。最終的にハンナが最も強くアイヒマンを批判したのは、人間の最も大切な資質である思考・考え抜くことを捨てたことだった。思考は人間に善悪を区別させ、美醜を判別させる。思考能力を捨てるとモラルの根底がくずれ人間はいかなる残虐行為にも走ることができる。エンドマークの後に「ハンナは悪という問題に生涯何度も立ち返って取り組んだ」とスーパーが出る。

仏頭の来歴

私が出た高校は都立上野高校。上野公園に隣接していて、すぐ裏が東京藝術大学（美校）だった。藝大には安くてうまい食堂があって、堂々と入っていけば誰でも食べられた。昼食時には相当数の上野高校生が入りこんでいた。やがてそれがあまりに目にあまるというので、藝大から抗議がきた。上野高校ではその抗議を受け入れ、藝大食堂利用の禁止令が出た。学校当局があまりにもアッサリ引きさがったので、みなガッカリした。

しばらく前から藝大の門を入ってすぐのところに「東京藝術大学大学美術館」なるユニバーシティミュージアムができている。あのミュージアムができた場所こそ、昔われわれが締め出された食堂があった場所なのだ。懐かしくていつか行きたいと思っていた。

先日、上野でたまたま時間が浮いたので、「いまさら」と思ってずーっと行かないでいた「国宝　興福寺仏頭展」を見てきた。なぜ「いまさら」なのかというと、興福寺の仏頭は、もう何度も現地で見てきたし、写真集、美術書などでも何度も見てきたので、頭の中にあのイメージがガッチリあったからだ。しかし、たまたまその日、日本経済新聞の文化欄で、黒田康子《しずこ》さん（元高校教師）が書いた「仏頭の目覚め　見届けた夫／戦前の興福寺修理中、500年ぶり再発見に立ち会う」という記事を読んで、「これは行かねば」と思った。

黒田さんのご主人は、久しく（五百年近く）行方不明になっていたあの仏頭を昭和十二年（一九三七）に再発見した黒田昇義《のりよし》氏（文部省技官。当時興福寺を解体修理中）だったのだ。「本尊・薬師如来の後ろの板壁をはがすと、台座の下に四隅の柱と4つの支柱に守られた小空間が現れた。内部にはあの仏頭が……」とある。見つけたときはもう夕暮れだったので、正式の検分は翌日にまわした。

「仏頭の傍らで2、3人の同僚と一晩を過ごした。一升瓶の酒が差し入れられたが、飲んでも興奮で震えが止まらなかった」という。誰の目にも一目で歴史的逸品とわかる仏頭である。震えが止まらなかったのも無理はない。翌日の検分で、それが平安末期に興福寺にやってきた（実は興福寺僧兵による強奪）山田寺由来の仏像（薬師如来）の頭部であることがすぐにわかった。異例の早さでこれは国宝に指定され、今日にいたっている。

なぜそれほどこの仏像が特別視されたのかといえば、これは日本の歴史上きわめて有名な由緒ある仏像だったからだ。この彫刻で特筆すべきは、その美しさもさることながら、その由来とその後の数奇な運命である。

この仏像が生まれた背景には、日本の古代史上最も有名な冤罪事件がある。事件から仏像の誕生にいたる経緯には、三人の天皇が絡んだ複雑な人間模様がある。

この事件全体の背景となっているのが、日本人なら誰でも知っている古代史上最大の政治事件、大化の改新の蘇我入鹿暗殺事件（乙巳《いつし》の変）だ。背景となる冤罪事件は、「日本書紀」巻二十五の孝徳天皇のくだりに「蘇我倉山田麻呂冤罪」（講談社学術文庫）としてかなりくわしくのっている。事件の主人公のフルネームは蘇我倉山田石川麻呂。石川麻呂は蘇我家の傍系の一族で、蘇我馬子は祖父、蘇我蝦夷《えみし》は伯父、蘇我入鹿は従兄弟という関係にある。大化の改新はよく知られるように、時代を牛耳っていた豪族、蘇我氏の専横なふるまいに怒った中大兄皇子と中臣鎌足が、宮中で、蘇我入鹿を斬り殺し、クーデタを起した事件だ。このクーデタに、蘇我家の側から参加したのが石川麻呂。傍流の石川麻呂は、蘇我本家とかねて対立関係にあったので、中大兄皇子から、クーデタ計画をもちかけられると、喜んで参加した。石川麻呂はクーデタ本番でも、旧知の蘇我入鹿の警戒心を解かせ、油断させるという重要な役を演じた。その功により、クーデタ後の新政権（孝徳天皇。中大兄皇子が皇太子に就く）では、右大臣として政権中枢に入った。しかし、しばらくして、石川麻呂の異母弟が、中大兄皇子に、「兄は謀反を起すつもりで、すでにその準備を整えている」と密告した。石川麻呂にはそんなつもりは全くなく、中大兄を信頼して、次女（オチノイラツメ）を嫁入りさせていたくらいだった。中大兄（後の天智天皇）とオチノイラツメの間に生まれたのが、ウノノサララ皇女（後の持統天皇）である。

しかし、中大兄のほうは、石川麻呂の言より、讒言《ざんげん》者の告げ口を信じた。大量の軍勢を送ると、邸を取り囲ませた。それに対して、石川麻呂は一切抵抗せず、「私は世々の末まで決してわが君を恨みません」と誓いを立てて、氏寺である山田寺の前で自ら首をくって死んだ。妻と三男一女の子供たちも共に死んだ。しかし、日本書紀によると、攻める側はそれでは満足せず、死んだ石川麻呂の首を斬り「太刀を抜いてその肉を刺し、叫び声をあげてこれを斬った」という。「またこれに連座して殺された者十四人。絞首された者九人、流された者十五人」に及んだ。資産も没収ということになり、その詳細を調べていると、資財の中でも特にすぐれた書物の上に「皇太子の書」とあり、重き宝の上にも「皇太子のもの」とあった。その報告を聞いた皇太子は「はじめて大臣の心の貞潔なことを知って、深く悲しみ嘆くことがやまなかった」という。それだけではなかった。皇太子妃になっていた石川麻呂の次女（持統天皇の生母）は、父が切られたと聞いて「心を傷つけ悲しみもだえた」。そして、「心を傷つけられ死に至った」という。「皇太子はその死を聞いて、悲しみいたみ激しく泣かれた」とある。

「石川麻呂の変」は、「乙巳の変」以後に起きた最大の陰謀事件とされた。しかしこの事件は、結局、讒言者に乗せられた天智天皇の「早トチリと思い込み」で起きた大量死事件といってよい。しかも犠牲者が自分の妻を含むよく知る者たちだっただけに、天智もその後継者（天武天皇、持統天皇）も、このような間違いを二度と起さぬように、反省をこめて山田寺の復興に力をつくしたといわれる。特に持統天皇は、自身が石川麻呂の孫娘にあたり（特に親父にかわいがられて育った）だけに思い入れが深く、事件以後、天智天皇が祖父のかたき、母のかたきと見えたのだろう。持統が大海人皇子（天武天皇）と結婚して、天智の死後、壬申の乱にも積極的にかかわり、天武に権力をとらせることに力を注いだ背景にはこのトラウマ的記憶があったと思われる。

あの仏頭は、天武の権力の絶頂期の山田寺復興の過程で作られた石川麻呂追悼の薬師如来像の頭部である。薬師如来像の開眼式が行われたのは六八五年。石川麻呂の死の三十七回忌にあたる日だった。あの仏頭が、如来の胴体からころげ落ちるまでには、また長い長い物語がある（戦乱があり政変があり数度にわたる大火災がある。明治維新の廃仏毀釈もある）。それをここに詳しく記す余裕はない。黒田さんはいま九十八歳。ご主人は戦争中フィリピンで三十一歳で戦死した。ご主人と結婚した頃、「お前は（この）仏頭にそっくりだ」とよくいわれたそうで、記事には写真がついているが、なるほどよく似ている。「仏頭は1300年間、有為転変を見てきた。（中略）荒々しい僧兵ども。当惑から称賛へと変心する貴族。手を合わせる人々――」。

古代中世近世の有為転変も大きかったが、それより、近現代の有為転変のほうが、ずっと激しいような気がする。一つ一つのイベントのスケールが大きくなったせいか浮き沈みの落差がより大きくなったようにも思える。そして、時間がより濃密になったせいか、大きなイベント間の時間差がより短くなったと思う。おそらく未来の有為転変はさらに激しくなるだろう。しかし仏頭の静かな顔を見ていると、これから百年、千年の未来に何が起きようと、心の平静ささえ保てれば、かくのごとき眼で時の流れを静かに見守ることができるのだろうと思った。

古典フラと神道

つい先だって、たまたまテレビのスイッチを入れたら、NHKの関東ローカル番組（一都六県だけに流れる）『ひるまえほっと』で、ちょっとおもしろいレポートをやっていたので思わず終りまで見てしまった。これは六県の放送局が持ちまわりで作っている日がわりのコーナー。その地方のちょっとした話題を伝える九分間の短い番組。この日は横浜放送局が担当で、鎌倉の鶴岡八幡宮で十月二十三日に行われた「東日本大震災　物故者慰霊と被災地復興への祈り」をとりあげていた。この催し、奈良の東大寺と鶴岡八幡宮が共同で主催するもので、本当に復興が成るまで、毎年続けると宣言して震災の年に始められ、今年（二〇一三年）で四回目（はじめの年は二回行われた）だ。なぜ東大寺と鶴岡八幡宮なのかというと、この両者は、歴史的因縁が深い。東大寺は平安時代、国家なみの権勢を誇っていたが、平清盛と正面衝突。兵を向けられ火をかけられた結果、大仏殿を含む全堂宇《どうう》がほとんど灰燼《かいじん》に帰した（一一八一年、南都焼き討ち事件）。

神仏双方の信仰に篤い頼朝は、平家を倒すと鎌倉に鶴岡八幡宮を作り源氏の宗社としてあがめた。同時に国家的大事業として東大寺の復興に力をそそぎ、大仏殿も立派に再興した（一一九五年）。この故事にならって、大震災のような国家的危機に見舞われたときも、両寺社が力を合わせれば、必ずや復興が成しとげられるだろうということで、この催しがはじまった。

この日の催しでは、東大寺の僧侶団による国家鎮護を祈る「大般若経」六百巻の転読もあれば、鶴岡八幡宮宮司による祝詞奉上、八幡宮巫女たちによる神楽「浦安の舞」の奉納などもあったが、人々の目を何よりも引いたのは、ハワイからやってきた古典フラの演奏集団、ハラウ・オ・ケクヒによる奉納フラだった。演目は、「女神ペレの確立：破壊と再生（震災の復興への祈り）」、「万物への讃美：発生と共存（天照大神に捧げる祈り）」だった。

フラダンスというと、大半の日本人が頭に思い浮かべるのは、映画「フラガール」に登場してくるような、ギター、ウクレレなどのハワイアンミュージックに合わせて踊る陽気で軽快で楽しい腰振りダンスだろう。しかしあのようなフラダンスはアメリカ文化の影響の下に二十世紀になって作られた現代フラ（フラアウアナ）であって、ネイティブハワイアンが伝える伝統ミュージック（伝統楽器とハワイ語詠唱《チャント》）に合わせて踊られる古典フラ（フラカヒコ）とは全く異質なものだ。

現代フラはあの通り軽いものだが、古典フラはある種の宗教性といっていいほど高い精神性を感じさせる踊りだ。同時に厳しい肉体的鍛錬からくる張りつめた緊張感がある。全体的にきわめてエネルギッシュな踊りで、見る者を圧倒せずにはおかない。

この日の催しでも、見物人たちは口々に「すごく力強くて感動しました」と語っていた。私もあの踊りに圧倒された。はじめは、「なんで鶴岡八幡にフラダンス?!」と違和感を覚えたが、たちまち違和感は吹き飛び、これほど「慰霊と復興への祈り」にふさわしい踊りはないと感じた。特に、リーダーのケクヒさんが津波に襲われた名取市の閖上《ゆりあげ》地区を訪れ、閖上湊神社の大木の前にレイと宗教的にシンボリックな植物をならべ、ハワイの伝統的宗教作法にのっとって、慰霊と再生の祈りをささげる場面には感動した。

ケクヒさんと鶴岡八幡は、実は五年前から横浜在住のフラ愛好家団体の仲介で交流がはじまった。鶴岡八幡からも、宮司と巫女がハワイ大学を訪れ、講話と神楽を行うなどの交流がつづいてきた。今回の来日も、実は、ケクヒさんたちが伊勢神宮の式年遷宮にあたってフラカヒコを奉納したという流れの中にある。だから鶴岡八幡への奉納の演目の中にも「天照大神に捧げる祈り」があるのだ。番組の中でも言及されていたが、「万物に神が宿っている」と考え、しかるが故に万物をうやまうとする神道の考えと、ハワイの古典フラの背景にある自然信仰の流れとは考え方の基本において一致するものがあるのだ。

奉納フラの前半部分は、「女神ペレ」に捧げられているが、ペレは、ハワイの最も有名な火山、キラウェアを神格化した女神。キラウェアの噴火はペレの怒りの爆発とみなされ、キラウェアの噴火口は「ペレの大穴」と呼ばれている。日本と同じようにハワイは汎神論文化の国だが、それだけにハワイには沢山の神々と神話がある。そのうちの最も面白い神話の一群が、ペレがどのように怒りを爆発させたかを語る物語だ。

この地球には、地下深くにある熔融したマントル層から熔けた熔岩が定期的に噴き上がってくる〝ホットスポット〟なる場所が数十カ所ある。その最も有名なものの一つがハワイ列島を作ったホットスポットだ。その噴き上がる場所はプレートの運動とマントルの流動に伴い、少しずつ移動していく。ハワイ列島はその移動によって、数千万年をかけて、少しずつ作られてきた。

この地球に住むかぎり、何万年、何十万年という時間をかけて、少しずつ進行していく地球スケールの地質学的大変動からは誰も逃れることができない。大地震も火山活動もそのような逃れがたい現象の一つとしてある。それはいずれ必ず起るが、いずれも永遠に続く現象ではない。必ず終り、必ず自然は再生する。その事実をハワイの人びとは、何世代もかけて知り抜いている。

この番組を見てから古典フラ（フラカヒコ）に強い興味を覚え、もっとフラカヒコについて知りたいのだが、と尋ねたら、NHKの人が、かつてNHKのBSプレミアムで八回連続で流された「長谷川潤　ハワイを踊る」という大型番組を教えてくれた。これはフラカヒコを学びたいと思い立った日系ハワイ人の女性が、ゼロからはじめて、立派に踊れるようになるまでを丹念に追った番組で、これを見ると、フラカヒコというものが実によくわかる。

彼女が弟子入りしたお師匠さん役のおばあさんが来日したケクヒさんの叔母で、ハワイで最も有名なフラ教師である。これを見るとフラダンスのすべてがわかるだけでなく、ハワイの自然のすべてから、ハワイの歴史と文化のすべてがわかる。キラウェア火山で現に火を吹いて流れる熔岩も見られる。フラのレイは山に入って、自分で素材の植物をとるところから作りはじめるのだが、山に入る前に、大声で山に向って呼びかけ、山に入る許しを得るなど、ハワイの信仰の日常がよくわかる。

そういう細かな部分部分の描写を通じて、ハワイのフラカヒコの世界と日本の神道的自然観の間に大きな共通性があることがわかってくる。

日本文化の起源の半分はアジア大陸、朝鮮半島由来のものだが、残りの相当部分は南方由来のものとわかっている。記紀の神話伝説も相当部分が、実は南方由来のものなのだ（海彦、山彦物語などその典型であって、環太平洋地域全体に類似の物語がある）。そして南方由来のかなりのものがポリネシア文化圏（ハワイ、タヒチ、サモアなど）由来なのだ。

フラカヒコの踊りの基本の一つとして、「踏みしめる足の先に大地（地球の回転）を感じよ」という言葉がある。それが感じられたら、自然は破壊もするが、再生もうながす大いなる力の一部であるとわかってくる。

自動運転の時代

東京ビッグサイトで開かれた東京モーターショーに行ってきた。モーターショーなんて見に行くのは、三十代以来だから、実に四十年ぶりになる。私がはじめて免許を取ったのは大学三年生の頃。免許を取って間もなく中古車を買って車のオーナーになった。車庫規制以前だったから、車は路上に止めたままでも平気だった。それから半世紀もたつ間に、車を取りまく法規制も環境も次々に大きく変った。今また大きな変化が押しよせている。一つは高齢化社会に伴う免許制度の変化だ（六十五歳以上の高齢運転免許所有者が一千万人を超えている）。

昨年五月、免許が切れるお知らせがきた。年齢が七十歳を越しているから、事前に自動車教習所で高齢者講習を受けろという指示だった。最近高速道路を逆走するような困った老人がいるから、講習くらい仕方がないだろうと思って行ってみた。最初に適性検査のようなものを受けさせられた。教習所の教育用運転シミュレータに入って、町中を実地に走っているような仮想現実感を持たされる。対向車が来て蛇行するとか、歩行者が飛び出してくるなどの突発現象が仮想的に起きる。そのとき正しい反応動作をとれるかどうかがチェックされるのだ。老人脳は突発現象に弱い。とっさの場合にパニくって事故を起すことがあるから、これは当然のチェックだ。高速道路逆走までいくと、老化脳が進行して認知症のレベルまで達しているということだろうが、これまでのルールでは、そういう老人を発見して、免許証を取りあげることができなかった。従って現在の路上にはそういう人も健常人にまぎれて走っているわけだ。認知症患者で免許を保有する者は三十万人と推定され、かなりの人が、実際に車に乗っている（事故率は健常人の二・五〜四・七倍）。現代の車社会は、誰だって、いつ不慮の事故にまきこまれても不思議ではない状況にあるといってよい。

最近、スバルの「アイサイト」など、衝突防止のための緊急自動ブレーキ装置を売物にする車が出てきたのも、そういう場合にそなえてのことだろう。

いま自動車の世界は、全自動運転の方向へ向けて走りはじめている。

自動車を人間の自由な運転にまかせるより、半分機械まかせ、コンピュータまかせの運転にゆだねたほうが、自動車はずっと安全でずっと合理的な乗物になるはずという考えが、世界中で強まりはじめた。

自動車は便利な乗物だが、あまりにも多くの負の側面を持つ。交通事故、交通混雑、環境汚染がその最たるものだろう。自動車運転を人間まかせにせず、コンピュータシステムで完全制御すると、事故死ゼロ、交通混雑による時間ロスもほとんどゼロ、環境汚染もほとんどゼロの社会を作ることができるという強い主張があって、現実に社会は徐々にそちらの方向に向けて動きだしつつある。コンピュータによる完全制御までいかなくても、さまざまの法規制と交通量コントロール技術を組み合わせると、負の側面は相当おさえこめる。たとえば交通事故死者はかつての日本では、年一万人くらいいるのが普通の時代がずっとつづいていたのに、いまでは年四千人台まで減少している。

いま世界六十カ国が参加するＩＴＳ（高度道路交通システム）世界会議というものがあって、あらゆる技術と知恵を出しあって本当にそのような交通安全社会を実現しようという合意が成立している。昨年（二〇一三年）十月にはその会議がスタートして二十周年の記念すべき大集会が東京で開かれた。その参加者が東京ビッグサイトに二万人も集まったと聞いてビックリした。それだけ人が集まったのは、新しい次世代の自動車安全技術のさまざまのデモや展示会が行われたからだ。デモの一つとして最も評判になったのが、自動運転技術だった。自動運転は、各社が何年もかけて開発してきたが、いよいよ実用化に近いレベルにたどりついて、各地で各種のデモが行われる時代になったのだ。

その中でひときわ大きな話題になっていたのが、日産の電気自動車「リーフ」をベースにする自動運転車(目的地を入力すればあとは車が目的地まで安全に運んでくれる)だった。これは試作車だが、日産は、二〇二〇年までに市場に出すと宣言している。それがその通りに実現すると、世界で最初の市販自動運転車になる。

日産の先進技術開発センター(神奈川県厚木市)にそのモデル車を見学に出掛けた。アメリカでのデモのため、一部部品を取り外したばかりということで、試乗はできなかったが、映像記録を見た上、乗りこんで詳しい説明を受けることができた。聞けば聞くほど、ナルホドの連続で、自動車の世界は本当に全自動運転の世界に半分以上入りこんでいるのだと実感できた。この車は、自動車というより、ほとんど生物的な感覚機能を備えたロボットなのだと思った。視覚は前方二台のセンサー、側面センサー二台、後方センサー一台の五台体制で常時周辺をウォッチしている。後方にはさらに超音波センサーが付いていて死角がないように情報を補っている。前方にはアラウンドビューモニターという超広角カメラが付いて、信号、標識、縁石、白線など色の付いたものを常にウォッチしている。最近、日産車のＴＶコマーシャルで、車を上から見下ろすような位置関係の映像を見ながら簡単に所定の位置に駐車させる技術が紹介されている。「上から丸見え」「駐車も楽々」という宣伝文句が評判になっているが、あれは、このアラウンドビューモニターを利用して、コンピュータで仮想的に作りだした映像なのであって、それ用のカメラが車の上に付いて本当に見下ろしているわけではない。リーフ自動運転車の場合、すべての入力情報は、後方のトランク部分に積まれた中枢コンピュータに集約される。スマートフォンはスパコンタは、さらにそのスマートフォン二十台分の演算能力を持っているが、自動運転車のコンピュータレベルの地球シミュレータなみのスパコンの能力を備えるようになるという。自動運転(八〇年代のクレイレベル)二十台分の演算能力を持っているのだ。いずれこれはペ型のリーフは、一見普通の自動車に見えるが、実は自動車が走っているというより、スパコンが走っているといってもいいようなウルトラ級の情報マシーンなのだ。高速道路は単調な環境だから全自動運転といってもたいした情報処理能力を必要としない。しかし高速道路を降りて、一般道路に出た途端、あらゆるイレギュラーな事態に連続して遭遇する。そのあらゆる場合に対応しようとすると、計算量が一気にはね上がり、クレイ級スパコンでは能力が足りなくなるのだという。

自動運転リーフがもう一つすごいのは、その反応速度の早さだ。「野球のイチローでも反応に〇・一秒かかりますが、リーフは〇・〇〇一秒の反応速度を持っています。最高の反応速度をもつ人間より早い決断と早いアクションができるんです。リーフはいま九万台が売れているんですが、電池の健康状態を管理するため、一台一台が通信機能を持っています。電池の利用状態や劣化状態は全部本社でモニターできるため、電池が故障する前に交換が必要なんてこともすぐわかるんです。市道を走っているリーフの走行軌跡やエネルギーの状態を光の動きで表現することもできます」(日産　二見徹氏)。

日本列島をおおって時々刻々動きまわる光点(一つ一つがリーフのリアルタイムの位置を示す)を見ていると、まるでバーズ・アイ・ビューで世界を見るというより、ゴッド・アイ・ビューで世界を見ているような気分にさせられた。

情報時代はついにここまできたのかと思った。

古代史のなかの埼玉

この正月をはさんで、埼玉県行田市の稲荷山古墳に二度も行ってきた。稲荷山古墳は、いまや小学校の教科書にものっている古代日本でいちばん有名な鉄剣が出たところだ。鉄剣が発見されて十年目にX線をかけて調べてみたら、鉄剣の両面から金で象嵌された百十五文字の漢字が出て大騒ぎになった。その内容の解読がすすむと、これで日本の古代史は書き直されると、さらなる大騒ぎになった。古代史でそれだけの文字資料が一挙に出たのは、はじめてだった。

あの頃私は三十代後半だったから、あの連日の大騒ぎを昨日のことのように記憶している。その後の古代史の書きかえ過程も、つぶさにではないが、大略承知している。しかし、あの鉄剣をちゃんと見たことがなかった。いつか機会があったら見たいとは思っていたが、機会がなかった。そもそもそれがどこにあるのかもきちんと把握していなかった。実際には上野から高崎線で一時間ほどの吹上駅からバスで行ける「さきたま史跡の博物館」にある。行ってみると意外に簡単だった。昨年（二〇一三年）十一月、各紙が現代の名工たちがあの刀を復元し、それを本物の鉄剣の隣にならべて一月中旬まで特別公開していると大々的に書き立てたので、ちょうどいい機会だと思って、年末ぎりぎりのところで出かけて見た。その一日では見きれなかったので今年早々また行った。

で、どうだったのか。手っ取り早く見た結果の感想を先に述べてしまうと、特別展は意外につまらなかった。チラシのふれ込みに、「古代鍛冶部《かぬちべ》の魂が現代の刀匠に乗り移り輝く剣が甦った」などとあったが、それほどもったいつけるべきものでは全くなかった。確かに、本物の鉄剣のそばに、作ったばかりのようなキラキラする剣がならんではいた。しかしそれは「ナーンダ」というほどつまらない作品だった。わざわざ東京から金と時間をかけて見に行くほどの価値はないと思った。

それに対して、隣にある本物の鉄剣は一見してすごいと思った。とにかく圧倒的な存在感がある。サビ止めの樹脂を含浸《がんしん》させてあるので、全体が黒光りし、それがまた独特の存在感をかもし出している。そして、黒い地肌の上に金の象嵌文字がクッキリ浮き上がる感じがなんともいえずいい。

そもそもあの剣は掘り出されたときサビだらけで汚れで真っ黒の状態だった。はじめそういう姿のまま展示され、誰もそれを不思議としなかった。サビの下に金象嵌の文字が隠れていようとは誰も想像だにしていなかった。

掘り出されて十年が経過した一九七八年、このまま放っておくと、サビがさらに進行して全体が崩壊してしまうかもしれないということで、奈良県にある元興寺文化財研究所で、永久保存のための樹脂含浸を行うことになった。その前段階のクリーニング作業中に、剣先のサビの破片を研究員がピンセットで取り除いたところ、下から長さ三ミリほどの金の断片が顔を出した。下にいったい何があるのかと所内の工業用X線撮影装置で写真を撮ったところ、文字があらわれ出て大騒ぎになった。博物館の展示室には、はじめの頃のサビだらけの剣の様子も示されていれば、X線で最初に写真を撮ったとき、どういう映像があらわれたかなど、世紀の大発見のプロセスが逐一示されている。

文字が出てきても、それをどう解読するのかという問題があった。その次に解釈の問題があった。文字は全部漢字だったが、純粋の漢文ではない。日本語の音を表現するために漢字を万葉仮名的に使っている部分もある。ということで、解読は一義的にすんだわけではない（いまでもいろんな部分について異説がある）。しかし古代史家の多数派は概ね次のような内容の文が刀身に刻まれていたと解釈している。

「ワカタケル（獲加多支鹵）大王の下で何代にもわたり杖刀人《じようとうにん》（警護役）をつとめてきたヲワケ（乎獲居）の臣が大王の下で奉仕してきたことを記念してこの百錬の利刀を作らせた」

裏にはヲワケ一族の家系が八代にわたって記されていた。ワカタケル大王とは、他の史料によって、雄略天皇であることが確実視されている。他の史料には熊本県の江田船山《えたふなやま》古墳出土の鉄刀の銘もあり、この時代、雄略は熊本から埼玉まで同時に支配的関係を保っていたことになる。

この記述によってわかることとは、当時地方の有力者が中央の宮中に人を出して長年にわたって奉仕するということが行われていたということである。しかもそれが都から遠く離れた関東地方の田舎の家系だったということである。雄略は朝鮮半島への出兵も何度かおこなっているが、その兵もかなり地方から調達している。この出兵は結果的に朝鮮文化を列島に広めることに資したといわれる。

邪馬台国が滅んで以後、倭国では大乱がつづき、中国でも政変があり、中国史書の記録が百五十年間ない。しかし、宋の時代になって、宋と接触を持った倭王が五人いて、そのうちの「武」が雄略天皇とされている。武の上表文に「東は毛人を征すること五十五カ国。西は衆夷を服すること六十六カ国」とあり、相当の武人だったらしい。

少し前まで、日本の政治はヤマトから西日本を中心にまわっており、関東地方などという場所は野蛮人が住む湿地帯で、中央の政治とは無縁な人々が住む所と考えられていた。しかし、いつのまにか自然条件が変ったこともあり、関東は広大で水も土壌も豊かな平野になり大規模農業を展開して富を生む地域に変っていった。それに伴って政治力もつき有力地方豪族が次々に生まれたのである。

この博物館を訪れていちばんびっくりするのは、この博物館をとりまく環境である。それは日本でも有数の巨大古墳が集積した埼玉古墳群という国指定の史跡の中にある。全体が三十ヘクタール近くあり、その中に前方後円墳が八つもある。前方後円墳は日本に特有の墳墓形式だが土木工事量の大きさから政治力と経済力を兼ねそなえた強力な地方首長の力のシンボルと考えられている。

前方後円墳の一つの将軍山古墳の展示館では、古墳の内部をウォークイン形式で全部見せ、亡きがらや副葬品がどのようにころがっていたかも全部再現して見せている。沢山の馬具を付けた馬にまたがる重装備の将軍もモデル形式で再現されている。珍しいのは馬の頭に重装騎兵用の馬冑《ばちゅう》がかぶされていたことで、この馬の装備一式、半島の高句麗で製作されたものと考えられている。馬を巧みにあやつる技術は、基本的に高句麗からきていた。金達寿の『日本の中の朝鮮文化』に詳しいが、「武蔵野は往古、朝鮮人の移住地であった。此れは武蔵野に限らず、関東一般概ね然りであったが、武蔵野は特に然りだ」(徳富蘇峰)なのである。武蔵国(いまの東京、神奈川、埼玉)は全体として朝鮮系渡来人帰化人が多かったが、埼玉県には高麗神社がありかつて高麗郡(後入間郡に編入)まであったことでわかるように高麗系の人が多かった。しかし実際には、高麗系だけでなく、百済系、新羅系の人もまた多かった。

もう一つ朝鮮文化の影響力が圧倒的に強かったのは、鉄の世界だ。鉄の技術の源流は中国だが、鉄は半島を経由して日本に入ってきた。日本は鉄の技術と原料をほとんど朝鮮からの輸入に頼っていた。鉄は農具と武具に必須だ。鉄の原料と技術を握る者は、権力と経済力も手に入れたのである。稲荷山古墳の上から沢山の前方後円墳を見はるかすと、あの鉄剣の意味するもの(この地方の高度な鉄の技術の獲得とそれに伴う権力と富の関東への移行)が見えてくる。現代社会での関東への政治経済社会の重心の移行という現象は遠く鉄剣の時代からはじまっていたのだなと思わずにはいられなかった。

極寒のアメリカから

二〇一四年二月はじめから、アメリカを縦横断しながら、大型テレビ番組の取材をつづけている。はじめに西海岸で若干の取材をこなしてから、東海岸に移り、昨夜ニューヨークに入った。時ならぬ冬の嵐に襲われて、ニューヨーク全市が凍りついた夜だった。空港から一歩も外に出られないでいるときに、「アメリカがついにレーザー核融合の実験に成功したみたいです」と、インターネットの画面をにらんでいたディレクターがいった。なるほどｉＰａｄの画面をのぞくと、ＣＮＮの特報で、〝ついに核融合で入力エネルギーを上まわる出力エネルギー獲得に成功〟とある。ではこれでいよいよ核融合エネルギー時代の到来かというと、そうではない。これは百億分の一秒単位の瞬間的に起きた現象で、すぐに火が消えてしまった上、「いかなる意味でも目ざましいエネルギー放出はなかった」などとある。「祝大成功！」といった万々歳気分は全くない。カリフォルニアのローレンス・リバモア国立研究所に、核融合の点火を目的として作られたNIF（国立点火施設）の成果だというのに、「点火」の表現はいっさい用いられていない。点火というには、核融合現象の発現（それなら過去に何度もある）だけでなく、その一定時間の持続が必要なのに、そこまでいかなかったのだ。それにもかかわらず、今回の核融合現象が、「歴史的ターニングポイントになる」との大報道になったのは、過去の実験データの解析から「ブートストラップ現象」が昨年中に二度も起きていたことが確認されたからだ（「ネイチャー」誌電子版に発表）。今回のニュースの眼目はここにある。昨日今日の実験の話ではない。

ブートストラップ現象とは、ブーツをはくときにヒモを持って自分の足を引きあげることができるように、核融合に際して、放出されるアルファ粒子の自己加熱現象が加わると、自己励起的に核融合がどんどん進んでいくことをいう。これがあれば、核融合現象は自力で持続可能になる。

NIFの核融合施設そのものは、二〇〇九年に完成し、以来ずっと試し打ちをつづけてきた。核融合現象自体は起きるのに、燃焼がはじまってすぐに不安定性が発生し火が消えることの繰り返しだった。不安定性の主要因は燃料の重水素・三重水素を入れた冷凍カプセルが、レーザー照射ですぐに吹きとんでしまい、圧力が十分に高まらなかったことにあるとわかった。レーザー光の形を変えたり、当て方をソフトにするなどの改善をはかり、不安定性を基本的に克服したというのが第二のニュースの眼目だ。専門家はあと半年ないし一年半で本当の点火にこぎつけると予測している。なかなかプロジェクトが成功しないことに業をにやした政治家たちの間では、こんな金喰い虫のプロジェクトはつぶしてしまえとの声が出はじめていたが、今回の朗報で、その窮地も脱せたようだ。

日本はレーザー核融合の世界でアメリカに次ぐ技術力を持っている。なにしろ、レーザー核融合の可能性を予見したのは、水爆の父、エドワード・テラーだが、現実に激光Ⅻ号というとてつもないハイパワーレーザーを作り出し、それで固体密度以上の高密度燃料圧縮（ローソン条件突破の現実的可能性）を実現して、その可能性を現実に実証したのは大阪大学の山中千代衛名誉教授だった（その功で山中名誉教授は第一回エドワード・テラー賞の受賞者に選ばれた）。NIFが作られたのも、日本に出し抜かれたアメリカが動転して、激光Ⅻ号以上のハイパワーレーザーを一挙に百九十二本も作り、そのエネルギーを一点に集中させることで一挙に核融合の実現をはかるという、とてつもなく野心的な計画を立てたためだ。つまりNIF誕生の陰には日本の技術先行があったのだ。

ところが当の日本では、核融合村の趨勢がもっぱら磁場核融合に傾き、研究資金も人材もイーターと核融合研のＬＨＤにまわるばかりという中で、阪大のレーザー核融合研は事実上とりつぶしとなり、レーザーエネルギー学研究センターと名前を変えて細々と生きのびているだけだ。

ＮＩＦの今回の成果は、レーザー核融合に賭けたアメリカの圧倒的な資金力と技術力と意志の力を見せつけられた思いだ。立ち遅れた日本は、アメリカに対抗しようにも資金力と技術力の力ずくの勝負では、とうていかなわない。

ただ阪大にはこの世界での技術力のユニークな発想の伝統があり、ペタワットレーザー（ＮＩＦのレーザーはまだテラワット級）を持ち、高速点火方式という核融合の燃焼がはじまったターゲットの中に二連発式でさらに強力なレーザーをダメ押しでピンポイント的に打ち込むというウソのような精密技術を英と共同開発しつつある。腕力での敗北を技術力でとりかえそうというのだ。

核融合の場合、点火に成功しても、その実用化にはさらに数十年が必要とされる。それだけ時間がかかれば、いずれの方式にしても私の目の黒いうちには、実現されないだろうが、ブートストラップ現象を確認したことで、これは「夢の技術」から「実現可能技術」の範疇に確実に入ったというべきだろう。

我々は新しいプロメテウスの火を手にすることを目前にしている。核融合は宇宙ではありふれた現象だ。夜空を見上げて光るものを見たら、それはすべて核融合の火なのだ。それがいずれも億年単位で燃えつづけているということは、そこではすべてブートストラップ現象が成りたっているからなのだ。我々はそれを自ら手にする一歩手前のところまできているのだ。

人類文明はこれまで確実な存続可能性を、エネルギー補給の観点から十年単位、百年単位でしか読めなかった。しかし、核融合技術を手にすると、千年単位、万年単位で読めるようになる。

実はこの取材旅行に出る前、奥出雲の地でたたら製鉄の現場を取材してきた。たたら製鉄というのは、日本古来の製鉄の手法で、砂鉄を原料として、木炭の火力をふいごで吹いて極端な高温にして、純度の高い還元鉄を得る手法をいう。宮崎駿の「もののけ姫」の舞台が、中世のたたら製鉄を行っている村だったから、あれでイメージを植えつけられた人も多いだろう。現実には、たたら製鉄は中世どころか、古代から中国地方で広く行われてきた。

日本は古代、鉄製品（武器と農具）、鉄の技術の輸入国だった。鉄の技術の先進国は中国であり、朝鮮半島だった。しかし、中世（室町時代）に入ると、日本は製鉄、精錬技術を高度に発展させたおかげで、良質な刀剣を大量に作れるようになり、明に大量の刀を輸出するまでになった。全国に名だたる刃物の産地が産まれ、刀鍛冶の名匠が生まれた。経済原則を無視してどんなに高価でもより良い刀を求める武士階級の存在で日本刀の斬れ味追求には限りがなかった。その根底には、たたら製鉄で作った原料鉄（玉鋼《たまはがね》）の良さがあった。

しかし、明治維新以後、製鉄は大量の鉄鉱石を溶鉱炉で溶かして作る高炉方式に圧倒されて、非効率の極致のような手造り伝統技のたたら製鉄は事実上壊滅した。何しろ手造りの粘土炉で、三日三晩二トンの木炭を燃やし続け、そこに十トンの砂鉄を少しずつ入れ、溶解させて玉鋼のもとになる鉧《けら》が二トン半しかできない。経済的には全く引き合わないこの技術を、ひたすら日本刀の斬れ味にこだわる人々が「日本美術刀剣保存協会」を作って、今でも年に一回だけたたらを操業して継承している（できた玉鋼は作刀家たちに配る）。その現場に行き、灼熱の劣悪な環境でがんばる人々を見て感動した。経済原則を無視してあくまで品質にこだわる人々がどこの世界にもいるのが、日本文化の特質なのだと思った。

ほとんど滅びようとしている日本のレーザー核融合研究者にもがんばってもらいたい。

クリミア戦争を覚えているか

クリミアの編入問題で、ロシアのプーチン大統領がすっかり悪者扱いされている。アメリカからは、ウクライナの土地ドロボー呼ばわりまでされているが、この問題、それほど単純ではない。クリミアの住民投票で、圧倒的多数がロシアへの編入を望んでいるという結果が出たし、ロシア議会の議決でも、世論調査でも、プーチンのこの決定は圧倒的支持を受けている。「ロシアとクリミアは共通の歴史を持ち我々の心の中でいつも両者は一体不可分だった」と語るプーチンの四十分間にわたるTVのナマ放送演説に、ロシアの人々は涙まで流して聞きいっていた。

日本では、この問題が、もっぱらウクライナ問題の一部として論じられているが、もともと、クリミア問題は、ウクライナ問題の一部ではない。そもそもウクライナは、ロシア革命以後生まれた国だが、クリミア問題は帝政ロシアの時代からある。ロシアの啓蒙専制君主として名高いエカテリナ二世がポチョムキン大将の協力の下にタタール系のクリミア汗国を滅してロシア領として併合した（一七八三）のがはじまりだ。

クリミアを語るなら、本来クリミア戦争から語るべきなのだが、日本人でクリミア戦争を語る者はほとんどいない。日本人の記憶から、クリミア戦争がスッポリ抜け落ちているためだ。なぜなら、クリミア戦争が起きた年（一八五三）は、日本にペリーの黒船がやってきた年で、それからしばらくの間、日本人の記憶は日米和親条約とその勅許にまつわる幕末の動乱話がもっぱらになってしまっているからだ。そもそも日本人には、明治維新以前、世界史という枠組で、同時代のできごとをながめる視点が存在しなかった。同時代の外国で、どのようなできごとが起きつつあり、それが同時代の世界ないし日本にどのような影響を及ぼすかを考える視点も材料もなかった。日本人が、世界の列強諸国との付き合い方を一歩まちがえると、とんでもないしっぺ返しを受けるものだということを身をもって学んだのは、おそらく日清戦争の三国干渉からではないか。

クリミア戦争が起きた当時は、そういうニュースを聞いても、何が何だかさっぱりわからなかったにちがいない。実はクリミア戦争は、十九世紀に起きた最も訳がわからない戦争で、どことどこが何を争って起した戦争で、どう決着がついたのかも、日本では今もってもうひとつ理解されていない戦争である。

十九世紀は、帝国主義の時代と呼ばれる。ヨーロッパの諸列強が世界各地に植民地を拓いて、帝国を築き、覇権を争い有利な利権分配を求めて世界を分割しあった時代だ。世界分割が一通り終ったところで、利害の調整問題から、グループにわかれて、世界全体が戦いあう世界大戦が二十世紀に二度も起きたことはよく知られる通りだ。

だがこの世界大戦、突然、火のないところに起きたわけではない。第一次大戦が起る前に、その前哨戦ともいうべき、もうひとつの世界大戦が起きていた。それがクリミア戦争である。別の言い方をすれば、決着が付かなかった小世界大戦（クリミア戦争）を、大々的に展開したのが第一次世界大戦といってもいいのかもしれない。

第一次世界大戦はある意味で、数百年間にわたって中近東世界を支配してきたオスマントルコの崩壊過程でもあったが、その最初のきっかけが、クリミア戦争であったという言い方もできる。

クリミア戦争は、黒海に突き出たクリミア半島をロシアが軍事化し、ここに黒海艦隊を置き、それまでの黒海の覇者トルコ艦隊を打ち破ったのがはじまりだ。それによってロシアは黒海に待望の不凍港（セバストポリ）を持った。

ロシアがトルコに戦争をしかけた主たる理由は、ギリシア正教の庇護者をもって任じているロシアが、トルコ帝国の一部であるキリスト教の聖地エルサレムの、それまでギリシア正教が保持していた管轄権（特にキリストが十字架にかけられたゴルゴタの丘の聖墳墓教会の）を、フランスの求めに応じて、トルコがカトリックに譲り渡してしまったことに異をとなえたからである。

はじめロシアの黒海艦隊がトルコ艦隊を打ち破ったのに、ロシアの強大化を警戒するフランスとイギリスがトルコに荷担して、黒海に艦隊を入れ、ロシアの基地セバストポリに軍を上陸させて、壮絶な白兵戦の果てに難攻不落とうたわれたセバストポリ要塞を陥落させた。

この戦争に自ら志願して従軍し実録を書いたのが、十九世紀ロシア最大の国民作家トルストイ（当時砲兵少尉）だった。彼の「セヴァストーポリ物語」は、たちまち大評判になり、早速これを読んだツルゲーネフは友人への手紙に「『セヴァストーポリ物語』を書いたトルストイの文章――あれは奇跡です。私はあれを読みながら涙を流し、萬歳《ウラア》を叫んだ……」と激賞した（米川正夫訳昭和十六年刊の解説）。それまでほとんど無名の作家だったトルストイは、これ一作で、たちまち大作家になった。この作品は、「十二月のセヴァストーポリ」「五月のセヴァストーポリ」「八月のセヴァストーポリ」の三部作からなり、それぞれ手法がみなちがう（第一部は特別の主人公もいないルポルタージュ。第二部、第三部は多数の登場人物が出る小説だが、それぞれ心理描写法も客観描写法もちがう）という不思議に現代的な作品である。

クリミア戦争から兵器は一層破壊力を増し、戦場は残虐さの度合いを増した。

「寝台の上には、クロロフォルムをかけられたひとりの負傷者が、譫言《うわごと》のやうに意味のない、時とすると単純で悲痛な言葉を口走りながら、両眼を見開いたまま横になってゐる。軍医達は厭《いと》はしくはあるが有益な切断の仕事に従事してゐる。やがて君は鋭利な曲ったメスが、真白な健康さうな肉体へとずぶりと入るさまを見、負傷者が突然正気に返って、世にも恐ろしい傷を掻《か》き毟《むし》るやうな叫び声と、呪いの言葉を吐くのを聞く」（当時の負傷者死亡率四割以上）

「けれどその瞬間、自分から三尺と離れてゐないところで、くるくる廻ってゐる光り輝く爆弾の円筒にぱったり視線が出合った。（略）

『誰がやられるんだらう——おれかミハイロフか、それとも二人一緒か？　もし俺だったら、どこに命中するだらう？　もし頭だったらもう万事休すだ』」

微に入り細をうがった記述に、戦場の全容が描きつくされていく。あらゆる階層の人物が登場し、あらゆる心の内が解剖されていく。

「セヴァストーポリ物語」はロシア人に広く読まれ、この作品を通して、クリミア戦争は万人の体験になった。これを読むことでロシア人はクリミアと一体化した。前線を巡閲する大将が、「諸君、死んでもセヴァストーポリを渡すまいぞ」と叫ぶと、兵士達が答える。「死のう。ウラアー」読者もここで心の中でウラアーと叫んだのだ。ツルゲーネフのごとく。

しかし結局ロシアは、クリミア戦争で大敗した。敗北の主因は、イギリス、フランスの先進国に比してロシアの救い難いほどの後進性にあるとロシア人は上（皇帝）から下（庶民）まで自覚した。そして、官民をあげて、急速な近代化がはじまった。クリミア戦争から十五年、一八七〇年には、ロシア中に鉄道が敷かれ、モスクワからセバストポリまでの直通列車すら走るようになった。

社会全体の近代化が、社会の階級構成を変え、社会思想を変えていく。セバストポリへ直通列車が走るようになってから半世紀もたたないうちに、ロシア革命が起きた。クリミア戦争百年はとっくにすぎ、今年（二〇一四年）は第一次大戦百年。もうすぐロシア革命百年だ。クリミアには百年以上の民族の記憶が詰まっていることを知るべきだ。

疑惑の細胞のこと

ＳＴＡＰ細胞はあるのか、ないのか。小保方さんはウソをついているのか、いないのか。このところ、週刊誌とネットはこの話題でもちきりだった。四月九日（二〇一四年）に小保方さんが開いた記者会見と、それから七日後に開かれた、小保方さんの上司、笹井芳樹理研ＣＤＢ副センター長の記者会見は、いずれもＴＶカメラがズラリとならぶ会見となった。テレビと新聞の報道は二日間にわたってつづき、雑誌メディアとネット上でのああでもないこうでもないの大議論はいまだにつづいている。大報道のあと、小保方、笹井両氏の主張に納得した人もいれば、納得できなくて、いまだに二人を非難ないし糾弾している人たちも少なからずいる。

ここにこんな話題をもちだしたのは、私も遅ればせながら、二人を批判する列に加わろうとしてのことではない。私は実はそれほど倫理における厳格主義者ではない。厳格主義者なら「こんなの絶対ダメ」と叫ぶ場面でも、それなりの弁解が成り立つならまあ許してしまう人間である。絶対の真実などわかりっこないと思っているから、ほどほどの真実がつかめればいいと思っている。私はもともとが文学畑出身の人間であるから、過ちを犯す人間を糾弾するより、そういう人間の心の内側をさぐるほうに興味がある。

今回の事件、世の関心がこれほど高まったのは、STAP細胞という、山中伸弥博士のiPS細胞にも比肩する不思議な細胞が発見されたことにあった。あらゆる細胞はDNAにプログラムされた予定運命から逃れられないという生物学の常識に反して、iPS細胞はわずか四つの遺伝子の導入だけで予定運命を書き換えてみせた。STAP細胞は同じことを細胞の生育環境に一定のストレスを与えるだけで実現したとされた。しかもその大発見をしたのがその辺の若い女の子風の女性研究者だったことに、皆驚いた。

大衆レベルで世の関心が大きくかきたてられた理由の一つに、週刊誌が書き立てたスキャンダルがあった。すなわち小保方さんと、上司の間に不適切な関係があり、それによって小保方さんは不適切な利益（地位と金銭の）を得ているのではないかという話だ。

STAP細胞の有無に関してはこれから一年くらいの時間をかけて理研内部の特別チームが小保方さんがいう方法論で本当に作れるのかどうかを検証することになった。これからしばらくの間、その検証結果を待たなければ確かなことは何もいえない状態がつづくことになる一方、先の小保方さんの会見では、不適切問題で、次のようなやりとりも行われた。

――週刊誌等では、笹井先生と不適切な関係にあったんじゃないかということを報道されているんですけれども？

「そのようなことはありません。そのような報道が出て本当に戸惑っております」

――あとですね、ポートピアホテルに一年弱くらいの間お泊りになったと思うんですが、そのお金はどこから出ていたのか？

「私はホテルで生活をしていた頃はハーバード側の研究員でした。ハーバードが出張という形で理化学研究所に出しておりましたので、その旨の出張、出張です」

この日の記者会見では、小保方さんに対して、理研側から出されていた、ネイチャー論文における画像の取りちがえ（博士論文からの流用疑惑）問題とか、電気泳動実験の写真の加工（捏造）疑惑の問題とかが出され大半はその問題で終始した。小保方さん側の説明は自分の未熟さ故に論文の書き方など手続き上の誤りはあったが、いずれも善意のもので、悪意の改ざん捏造はないとした。

それに対して、ネットなどで流れている巷間の声では、〈そんなはずはないだろう〉〈ウソをつくな〉といったものが山のようにある。私は、性善説に立てば、彼女のそれなりの弁解もギリギリ通用すると思っている。

私はこの一件において何より重要なのは、STAP細胞（現象）があるかないかの一点であり、それにくらべたら少々の論文不正など（全部がでっち上げデタラメでないかぎり）大した問題ではないと思っている。なぜならSTAP現象があるとなると、細胞生物学の根幹の考え直しが迫られるくらい重大だと思うからだ。論文不正の真偽をさしおいても、STAP現象の真偽の決着をつけてもらいたいと思っている。

STAP細胞の発想の大本は、ネイチャー論文の共同執筆者であり、その撤回に今でも断固として反対しているチャールズ・ヴァカンティ博士にある。私は実はこの人を良く知っている。ヴァカンティは細胞生物学者としては世に知られていないが、ティッシュ・エンジニアリング（生体組織工学）という生物学と工学の融合領域では超大物である。ティッシュ・エンジニアリング学会も学会誌も彼が主宰している。ティッシュ・エンジニアリングとは、細胞をならべて、生体組織を人工的に作ってしまう技術で、最もよく知られているものとして人工皮膚、人工骨、人工軟骨、人工心筋シートなどがあり、すでに世界中で広く利用されている。ヴァカンティはその基本特許を持っている。

私がなぜ彼を知っているのかというと、筑紫哲也キャスターと共に、TBSで一九九九年に「ヒトの旅、ヒトへの旅　世紀末・人類最先端スペシャル」という大型番組を作り、そこで大きく彼をとりあげたからだ。

その頃、世界中で大評判になっていた映像に、BBCの医学ドキュメンタリー番組に突如登場した人間の耳を背中に生やして走りまわる不気味な「耳ネズミ」があった。

この耳は実は何の役にも立っていない。これはティッシュ・エンジニアリングの技術を使えば、人間のどんな複雑な臓器でも生物工学的に作れることを世の中に知らしめたいという目的で作ったものだ。ヴァカンティはティッシュ・エンジニアリングの技術（臓器の細胞を採取して、それを人工的に特殊培養することで、好きなように成形することができる）をすでにその数年前に完成させていたのに、誰も振り向いてもくれなかった。しかし、耳ネズミを作り、それをテレビに出したとたん、世界中で大評判になり、ティッシュ・エンジニアリングはたちまち世界に広まった。

チャールズ・ヴァカンティはこのように普通の人が考えもしないようなことを発想して、それを作りだし、それで人をおどろかすようなことを好んでするところがある。大半は失敗するが、すぐにまた別のとんでもないことに挑戦するような人物だ。

ＳＴＡＰ細胞もそういうとんでもないことの一つとして発想された。生物の細胞に極端なストレスを与えて生命の存続に最悪の環境の中で培養してやったら、細胞はそういう中でも何とか生き延びようと、思いがけないサバイバル能力を発揮し、これまでの細胞生物学では考えられないような再生能力を見せるという論文を二〇〇一年に「細胞バイオケミカル」誌に発表した。このヴァカンティ理論が実は小保方さんのＳＴＡＰ細胞の原点にある。笹井氏の記者会見でも、ＳＴＡＰ細胞が生まれるときの基礎的条件は細胞の八〇パーセントが死んでしまうような苛酷な環境下で、サバイバル能力を身につけた二割の細胞にしか、ＳＴＡＰ現象はあらわれないと述べている。なにやらかつてソ連の農業界を一時席巻したルイセンコ学説の焼き直し的要素もかいまみられるわけだ。実は最近生命と環境の相互作用をいま一度見直すべきだ（生命はＤＮＡ決定論以上の存在）との声もあり、これはそう簡単にドグマティックに片付けられない問題を含んでいる。ＳＴＡＰ細胞の検証実験、やるからには先入観にとらわれず、とことんあらゆる可能性を見すえながらやってもらいたい。

ヘルマフロディテ

ゴールデンウィークを利用して、スウェーデン、ストックホルムにきている。

スウェーデンにきた直接の理由は、カロリンスカ研究所の脳科学者を取材するためである。観光が目的ではないが、せっかくだからと、ノーベル賞の常設展示があるノーベル博物館を見学してきた。

ノーベル賞受賞者は過去に八百五十人あまりいるが、その人々の業績がすべてわかるIT利用の膨大な展示がなされていた。ひとまわりして、疲れたので、入口脇の小さなビストロ風食堂に入った。スープとサンドイッチを注文すると、どっちもたっぷりあるからどちらか片方にしろ、と食券売りの女性に忠告された。売らんかなの商売っ気がぜんぜんないのだ。食べたらなるほどしっかり中身があってうまい。パンが無料だから充分一食になる。儲けることばかり考えている資本主義国とはちがうなと思った。そういえばノーベル賞の受賞者たちがみんなで小さな木の椅子の裏側に記念にサインしていたなと思い出した。あの椅子はどこに保存されているのだろうと話をしながら、なんとなく椅子の格好が似ていたので、「まさかここにあるんじゃないだろうな」と、食堂の椅子をもちあげたら、なんと本当にそこに受賞者のサインがあった。その辺の客がつられて自分の椅子をもちあげると、どの椅子にも受賞者のサインがあった。スウェーデンは、冷戦時代から資本主義国でもなく、社会主義国でもない、独特の社会民主主義国だ。社会全体が富と労働をわかちあい、分配の平等を保っている。税金も高いが高度な社会福祉制度を実現した北欧型社会民主主義国家として有名だ。旅行者として見ると、物価は高いが、みんな朝早くから驚くほどよく働き、夕方になると一斉に働くのをやめて、生活のエンジョイに時間を切りかえている。労賃も生産性も高く、高級品は思いきり高いが、ベーシックな社会共用部分はびっくりするほど安いという豊かな生活を実現している。ノーベル博物館でのほんの小さな体験にもそれを充分に感じた。

最近『デカルトの骨』(ラッセル・ショート著　青土社)という本を読んだ。デカルトは最晩年スウェーデンの啓蒙君主として名高いクリスティーナ女王に哲学教授として招かれた。毎日早朝(午前五時)から馬車が迎えにきて、宮殿で講義をした。その冬は極端に寒く、後に小氷期と呼ばれた歴史的寒冷期だった。デカルトは来る早々風邪をひいたと思ったらアッという間に肺炎になって死んでしまった。その後デカルトの頭蓋骨は行方不明になり（スウェーデンの王宮警固の下士官が盗んだらしい）、数百年間にわたって人手から人手へと転々と渡っていったという数奇な物語。実に面白い。

そうだ、あの頃デカルトが住んでいた家があるはずだと思って探しはじめたがこれが見つからない。ネットのブログに、そこに行った人が撮った写真がのっていたので、市中でそれを見せて人に聞いてもわからない。王室のインフォメーションならわかるはずと思って聞いたがわからない。係の女性が十カ所くらいに電話して、ああでもないこうでもないのあげく、観光ガイドからの情報として、港近くの旧市街にあるらしいとの情報をくれた。ダメもとと思って行ってみると、なるほどブログの写真のような古い建物が市中のど真ん中にあって、近寄ると、小さな表示板にこの家でデカルトが一六五〇年に死んだ旨の表示があった。当時そこにはフランス大使が住んでおり、デカルトはそこに身を寄せていたのだ。

当時スウェーデンはヨーロッパで指折りの大国で、三十年戦争の直後だった。デカルトの「我思う故に我あり」の哲学は、この戦争に従軍中だったデカルトが、ドイツの田舎村で寒さのあまり暖炉部屋にもぐりこんで仮眠している最中に考えついたとされている。スウェーデンは北の最大強国として、ヨーロッパ全土を戦乱にまきこんだ三十年戦争（新教VS旧教の宗教戦争）で連戦連勝。グスタフ王は北方の新教国の雄として尊敬されたが、一六三二年戦死した。戦死した父に代り、たった六歳で王位についたのが、クリスティーナ女王だ。男まさりの性格で男のやることは全部男以上にやり、女の子のやることはすべて大きらい。学問が大好きで、あらゆる学問に興味を持ち、一日十時間も勉強した。政治学も学んで、十六歳のときから国家の最高会議に出席した。スウェーデン語の外、ドイツ語、フランス語、イタリア語、オランダ語、デンマーク語を自由に話し、あらゆる芸術と文化に通じ、当時ヨーロッパ随一の才女とうたわれた。ヨーロッパの知識人を次々に宮廷に呼び、スウェーデンの文化水準を高めようとした。財力にまかせて招き集められた文化人には、デカルトの外、国際法の祖といわれるグロチウスがいる。手紙を交しあっていた文化人には、科学哲学のガッサンディ、思想家のパスカルなどもいた。

彼女は王位につくと、最大の戦勝国でありながら、ヨーロッパ全体を疲弊させた戦争をこれ以上つづけるべきではないとして戦勝国の利益を半分放棄する形でウエストファリアの講和会議をまとめあげた（グロチウスの尽力）。この講和会議を通じて今日まで遵守されている近代主権国家間の利害調整のあり方の基本原則が作りあげられた（ウエストファリア条約）。

国内的には、戦勝の利益を期待していた貴族層から強い不満をかったが、市民層、農民層などの支持を得て、講和を押し通した。そのあと、クリスティーナは政治に興味を失い（もともと彼女は、思想、文化、宗教により深い関心があった）、王位を従兄のカール十世に譲って退位した。ヨーロッパ各国を巡遊した後、ローマに落ち着き、ローマ法王の下で暮した（墓はサンピエトロ大聖堂の中にある）。このクリスティーナのいかなる男性も及ばない活躍の陰には、単に男まさりの性格というだけではすまない側面がある。

実は彼女は、真性の男女半陰陽者（いまは「性分化疾患者」と呼ばれる）だった。彼女が生まれたときとりあげた産婆は男と判断し、「王子さまが生まれました」と報告した。間違いの原因は彼女が全身毛むくじゃらで、その泣き声が、女の子の泣き声ではなく、男そのものの野太いしゃがれ声だったことにあるという。しかし、それにしても産婆が男と女をとりちがえるとはあまりに大きな間違いである。トニー・グリフィス『ストックホルム』は、間違いの原因を資料にもとづき、こう見ている。彼女のクリトリスがあまりに大きく男性器と見まちがえた。彼女の膣部が半分癒着状態にあり、閉鎖していると見られた。

長じてクリスティーナは服装も行動もすべてが男っぽく、親友に女友達を持ち、同じベッドで寝たりしたため、レズビアンとみなされた。しかし真実は、生殖器の形成不全と性ホルモンの分泌のレベルから彼女は真性の男女両性具有者であったようだ。一種の「性同一性障害」者として今なら性転換手術が許されるケースだ。

実は告解を通してローマ法王庁もそれを知っていたらしい。数年前にヴァチカンの秘密アーカイブにおさめられていた文書がローマのカピトリーノ美術館で一斉公開されたことがある。そこにはクリスティーナ女王関係の一連の書類もあり、そこに「『hermaphrodite』であったクリスティーナ女王に関する書類」とタイトルが付されていた。〝hermaphrodite〟とは、男神のヘルメスと女神のアフロディテをつなげた言葉で、男性の生殖器と女性の生殖器をともに持つ両性具有者を指す。彼女は性的には不遇な人生を送ったようだが、彼女のおかげで我々は、主権国家間で紛争が起きても国際法によってもめ事の決着をつけるにはどうすればよいのかを考える規範として、ウエストファリア条約という国際的モデルを獲得することができたのだ。

立花　隆（たちばな　たかし）

1940年長崎県生まれ。64年東京大学仏文科卒業。同年、文藝春秋入社。66年退社し、67年に東大哲学科に学士入学。在学中から評論活動に入る。74年の「田中角栄研究—その金脈と人脈」（「文藝春秋」11月号）で金脈追及の先鞭をつけ、社会に大きな衝撃を与えた。人文、社会、科学など関心領域は幅広い。その徹底した取材と卓抜した分析力による文筆活動で菊池寛賞、司馬遼太郎賞を受賞。著書に『宇宙からの帰還』『脳死』『精神と物質』『サル学の現在』『巨悪vs言論』『21世紀　知の挑戦』『天皇と東大』『立花隆小林・益川理論の証明』『がん　生と死の謎に挑む』『読書脳　ぼくの深読み300冊の記録』ほか多数。

文春新書

994

四次元時計《よじげんどけい》は狂《くる》わない
21世紀《せいき》 文明《ぶんめい》の逆説《ぎゃくせつ》

2014年（平成26年）10月20日　第1刷発行

著　者　　立　花　　隆
発行者　　飯　窪　成　幸
発行所　株式会社　文　藝　春　秋
〒102-8008　東京都千代田区紀尾井町3-23
電話（03）3265-1211（代表）

印刷所　　理　想　社
付物印刷　大日本印刷
製本所　　大　口　製　本

定価はカバーに表示してあります。
万一、落丁・乱丁の場合は小社製作部宛お送り下さい。
送料小社負担でお取替え致します。

©Takashi Tachibana 2014　　Printed in Japan

ISBN978-4-16-660994-9

本書の無断複写は著作権法上での例外を除き禁じられています。
また、私的使用以外のいかなる電子的複製行為も一切認められておりません。

◆アートの世界

丸山眞男 音楽の対話　中野 雄
小澤征爾 覇者の法則　中野 雄
美のジャポニスム　三井秀樹
クラシックCDの名盤　宇野功芳 中野 雄 福島章恭
ジャズCDの名盤　悠 雅彦 稲岡邦弥 福島哲雄
クラシックCDの名盤 演奏家篇　宇野功芳 中野 雄 福島章恭
ウィーン・フィル 音と響きの秘密　中野 雄
外国映画 ぼくの500本　双葉十三郎
日本映画 ぼくの300本　双葉十三郎
落語名人会 夢の勢揃い　京須偕充
外国映画 ハラハラドキドキ ぼくの500本　双葉十三郎
モーツァルト 天才の秘密　中野 雄
今夜も落語で眠りたい　中野 翠
天皇の書　小松茂美
愛をめぐる洋画 ぼくの500本　双葉十三郎
日本刀　小笠原信夫

ミュージカル洋画 ぼくの500本　双葉十三郎
美術の核心　千住 博
ボクたちクラシックつながり　青柳いづみこ
ぼくの特急二十世紀　双葉十三郎
岩佐又兵衛　辻 惟雄
巨匠たちのラストコンサート　中川右介
新版 クラシックCDの名盤　宇野功芳 中野 雄 福島章恭
新版 クラシックCDの名盤 演奏家篇　宇野功芳 中野 雄 福島章恭
天才 勝新太郎　春日太一
マイルスvsコルトレーン　中山康樹
宮大工と歩く奈良の古寺　小川三夫 塩野米松・聞き書き
僕らが作ったギターの名器　椎野秀聰
悲劇の名門 團十郎十二代　中川右介
昭和の藝人 千夜一夜　矢野誠一
うほほいシネクラブ　内田 樹
名刀虎徹　小笠原信夫
昭和芸能史 傑物列伝　鴨下信一
黒澤明が選んだ100本の映画　黒澤和子編

◆サイエンス

もう牛を食べても安心か　福岡伸一
人類進化99の謎　河合信和
インフルエンザ21世紀　瀬名秀明 鈴木康夫監修
「大発見」の思考法　山中伸弥 益川敏英
原発安全革命　古川和男
ロボットが日本を救う　岸 宣仁
巨大地震 権威16人の警告　『日本の論点』編集部編
同性愛の謎　竹内久美子
太陽に何が起きているか　常田佐久
生命はどこから来たのか？　松井孝典
数学はなぜ生まれたのか？　柳谷 晃
嘘と絶望の生命科学　榎木英介
ねこの秘密　山根明弘

◆考えるヒント

誰か「戦前」を知らないか　山本夏彦
百年分を一時間で　山本夏彦
民主主義とは何なのか　長谷川三千子
寝ながら学べる構造主義　内田　樹
わが人生の案内人　澤地久枝
常識「日本の論点」　『日本の論点』編集部編
勝つための論文の書き方　鹿島　茂
男女の仲　山本夏彦
東大教師が新入生にすすめる本　文藝春秋編
東大教師が新入生にすすめる本2　文藝春秋編
面接力　梅森浩一
成功術　時間の戦略　鎌田浩毅
唯幻論物語　岸田　秀
10年後の日本　『日本の論点』編集部編
「秘めごと」礼賛　坂崎重盛
大丈夫な日本　福田和也

お坊さんだって悩んでる　玄侑宗久
私家版・ユダヤ文化論　内田　樹
論争　格差社会　文春新書編集部編
10年後のあなた　『日本の論点』編集部編
退屈力　齋藤　孝
27人のすごい議論　『日本の論点』編集部編
世間も他人も気にしない　ひろさちや
信じない人のための〈法華経〉講座　中村圭志
なにもかも小林秀雄に教わった　木田　元
論争　若者論　文春新書編集部編
坐る力　齋藤　孝
断る力　勝間和代
世界がわかる理系の名著　鎌田浩毅
完本　紳士と淑女　徳岡孝夫
愚の力　大谷光真
ぼくらの頭脳の鍛え方　立花　隆・佐藤　優
静思のすすめ　大谷徹奘
日本版白熱教室　サンデルにならって正義を考えよう　小林正弥

イエスの言葉　ケセン語訳　山浦玄嗣
聞く力　阿川佐和子
叱られる力　阿川佐和子
泣ける話、笑える話　徳岡孝夫・中野　翠
金の社員・銀の社員・銅の社員　秋元征紘・田所邦雄・ジャイロ経営塾
「強さ」とは何か。　鈴木義孝・構成　宗　由貴・監修
人間の叡智　佐藤　優
選ぶ力　五木寛之
何のために働くのか　寺島実郎
日本人の知らない武士道　アレキサンダー・ベネット
〈東大・京大式〉頭がよくなるパズル　東大・京大パズル研究会　東田大志・
〈東大・京大式〉頭がスッキリするパズル　東大・京大パズル研究会　東田大志・
つい話したくなる 世界のなぞなぞ　のり・たまみ
勝負心　渡辺　明
迷わない。　櫻井よしこ
男性論　ヤマザキマリ
サバイバル宗教論　佐藤　優

(2014. 9) D

◆経済と企業

金融工学、こんなに面白い　野口悠紀雄
日本企業モラルハザード史　有森　隆
臆病者のための株入門　橘　玲
臆病者のための億万長者入門　橘　玲
団塊格差　三浦　展
熱湯経営　樋口武男
定年後の8万時間に挑む　加藤　仁
ポスト消費社会のゆくえ　辻井　喬　上野千鶴子
霞が関埋蔵金男が明かす「お国の経済」　髙橋洋一
石油の支配者　浜田和幸
強欲資本主義　ウォール街の自爆　神谷秀樹
日本経済の勝ち方　太陽エネルギー革命　村沢義久
ハイブリッド　木野龍逸
エコノミストを格付けする　東谷　暁
就活って何だ　森　健
新・マネー敗戦　岩本沙弓

自分をデフレ化しない方法　勝間和代
先の先を読め　樋口武男
JAL崩壊　日本航空・グループ2010
明日のリーダーのために　葛西敬之
ユニクロ型デフレと国家破産　浜　矩子
もし顔を見るのも嫌な人間が上司になったら　江上　剛
ぼくらの就活戦記　森　健
ゴールドマン・サックス研究　神谷秀樹
出版大崩壊　山田　順
東電帝国　その失敗の本質　志村嘉一郎
修羅場の経営責任　国広　正
資産フライト　山田　順
脱ニッポン富国論　山田　順
さよなら！　僕らのソニー　立石泰則
ビジネスパーソンのための契約の教科書　福井健策
日本人はなぜ株で損するのか？　藤原敬之
日本国はいくら借金できるのか？　川北隆雄
高橋是清と井上準之助　鈴木　隆

ビジネスパーソンのための企業法務の教科書　西村あさひ法律事務所編
サイバー・テロ　日米vs.中国　土屋大洋
ブラック企業　今野晴貴
新・国富論　浜　矩子
税金　常識のウソ　神野直彦
エコノミストには絶対分からないEU危機　広岡裕児
『ONE PIECE』と『相棒』でわかる！細野真宏の世界一わかりやすい投資講座　細野真宏
通貨「円」の謎　竹森俊平
こんなリーダーになりたい　佐々木常夫
日本型モノづくりの敗北　湯之上　隆
売る力　鈴木敏文
日本の会社40の弱点　小平達也
平成経済事件の怪物たち　森　功
アメリカは日本の消費税を許さない　岩本沙弓
税務署が隠したい増税の正体　山田　順
税金を払わない巨大企業　富岡幸雄
石油の「埋蔵量」は誰が決めるのか？　岩瀬　昇

◆政治の世界

日本国憲法を考える　西　修
拒否できない日本　関岡英之
憲法の常識　常識の憲法　百地　章
日本のインテリジェンス機関　大森義夫
ジャパン・ハンド　春原　剛
女子の本懐　小池百合子
政治家失格　田﨑史郎
世襲議員のからくり　上杉　隆
民主党が日本経済を破壊する　与謝野　馨
司馬遼太郎　リーダーの条件　半藤一利・磯田道史・鴨下信一他
鳩山一族　その金脈と血脈　佐野眞一
日本人へ　リーダー篇　塩野七生
日本人へ　国家と歴史篇　塩野七生
日本人へ　危機からの脱出篇　塩野七生
小沢一郎　50の謎を解く　後藤謙次
財務官僚の出世と人事　岸　宣仁

ここがおかしい、外国人参政権　井上　薫
公共事業が日本を救う　藤井　聡
実録　政治vs.特捜検察　塩野谷　晶
日米同盟vs.中国・北朝鮮　リチャード・L・アーミテージ・ジョセフ・S・ナイJr・春原　剛
テレビは総理を殺したか　菊池正史
体験ルポ　国会議員に立候補する　若林亜紀
決断できない日本　ケビン・メア
体制維新――大阪都　橋下　徹・堺屋太一
自滅するアメリカ帝国　伊藤　貫
郵政崩壊とＴＰＰ　東谷　暁
独裁者プーチン　名越健郎
政治の修羅場　鈴木宗男
日本破滅論　藤井　聡・中野剛志
特捜検察は誰を逮捕したいか　大島真生
地方維新vs.土着権力　八幡和郎
「維新」する覚悟　堺屋太一
新しい国へ　安倍晋三
アベノミクス大論争　文藝春秋編

国会改造論　小堀眞裕
小泉進次郎の闘う言葉　常井健一
憲法改正の論点　西　修
政治の急所　飯島　勲
原発敗戦　船橋洋一
日米中アジア開戦　陳　破空・山田智美訳

（2014. 9）B

文春新書好評既刊

土屋信行
首都水没
ゲリラ豪雨が深刻化すれば、都内でも地下鉄が長くストップし、東京駅が浸水しかねない。洪水研究の第一人者が都内危険地区を例示
980

榎木英介
嘘と絶望の生命科学
STAP細胞事件は氷山の一角に過ぎない。バイオ研究の現場で何が起きているのか、元研究者で病理医の著者が背景を解き明かす
986

佐藤 優
サバイバル宗教論
宗教を知ることは単なる教養ではない。世界を生き抜くために必要な智慧である。民族と国家の根底にある宗教の意味を解き明かす
955

近藤 誠
これでもがん治療を続けますか
医者として、科学者として、「がんの真実」を追究してきた近藤誠。そこで得た最終結論は、「検診しない、治療しないが一番！」
966

塩野七生
日本人へ 危機からの脱出篇
3・11大震災、ユーロ危機、指導者の目まぐるしい交代——危機に対峙するには何が必要か？『日本人へ』シリーズ、待望の最新刊！
938

文藝春秋刊